MW00881311

TU HOROSCOPO PERSONAL COMPLETO ACUARIO 2024

Predicción astrológica mensual Pronóstico Lecturas de cada astrología del zodiaco Sol Estrella Signos- Amor, Romance, Dinero, Finanzas, Carrera, Salud, Espiritualidad.

Iris Quinn

Editorial Alfa Zuriel

Tu horóscopo personal completo de Acuario 2024 / Iris Quinn . -- 1ra ed.

"En la danza de los planetas, encontramos los ritmos de la vida. La astrología nos recuerda que todos estamos conectados con el gran universo, y nuestras acciones tienen un efecto dominó en todo el cosmos".
— IRIS QUINN

CONTENIDO

PERFIL DE ACUARIO

- Constelación: Acuario
- Símbolo del zodiaco: Portador de agua
- Fecha: 20 de enero – 18 de febrero
- Elemento: Aire
- Planeta regente: Urano (tradicional), Saturno (moderno)
- Planeta de la carrera: Urano
- Planeta del amor: Venus
- Planeta del dinero: Júpiter
- Planeta de diversión, entretenimiento, creatividad y especulaciones: Urano
- Planeta de la Salud y el Trabajo: Saturno
- Planeta del Hogar y la Vida Familiar: Luna
- Planeta de la Espiritualidad: Neptuno
- Planeta de viajes, educación, religión y filosofía: Júpiter

Colores:
- Colores: Azul Eléctrico, Turquesa

- Colores que promueven el amor, el romance y la armonía social: Tonos Pastel
- Color que promueve el poder adquisitivo: Plata

Gema: Amatista
Metales: Aluminio
Aroma: Orquídea
Piedra de nacimiento: Amatista

Cualidades:
- Calidad: Fijo (representa estabilidad)
- Cualidad más necesaria para el equilibrio: Flexibilidad

Virtudes más fuertes:
• Curiosidad intelectual
• Mente abierta
• Originalidad
• Independencia
• Altruismo

Necesidad más profunda: libertad

Características a evitar:
• Terquedad
• Rebelión por rebelión
• Destacamento
• Indiferencia emocional

Signos de mayor compatibilidad general:
• Geminis
• Libra

Signos de mayor incompatibilidad general:
• Tauro
• Escorpio
• Cáncer

- Signo de mayor apoyo para el avance profesional: Aries
- Signo de mayor apoyo para el bienestar emocional: Libra
- Signo más solidario financieramente: Tauro
- Signo mejor para matrimonio y/o sociedades: Leo
- Signo de mayor apoyo para proyectos creativos: Géminis
- El mejor signo para divertirse: Sagitario

Señales de mayor apoyo en asuntos espirituales:
• Piscis
• Cáncer

Mejor día de la semana: sábado

RASGOS DE ACUARIO

- Pensador intelectual e innovador.
- Naturaleza independiente y de espíritu libre.
- Personalidad amable y sociable.
- Emocionalmente desapegado a veces
- Terco y resistente al cambio.
- Mentalidad humanitaria y altruista
- Tendencia a ser impredecible o excéntrico en el comportamiento.

PERSONALIDAD DE ACUARIO

Los individuos de Acuario poseen una personalidad cautivadora y enigmática que los distingue de la multitud. Son conocidos por su perspectiva única y su enfoque poco convencional de la vida. Aquí hay algunos aspectos de la personalidad de Acuario que fluyen juntos a la perfección:

Con su espíritu independiente, los individuos de Acuario marchan al ritmo de su propio tambor. Valoran su libertad y se resisten a ajustarse a las normas sociales. Su destreza intelectual brilla a medida que exploran con entusiasmo nuevas ideas y conceptos, profundizando en los ámbitos de la ciencia, la tecnología y la filosofía.

Profundamente impulsados por un sentido de compasión, los individuos de Acuario son humanitarios naturales. Poseen un deseo genuino de tener un impacto positivo en el mundo que los rodea. Sus corazones se sienten atraídos por las causas sociales y participan activamente en el activismo y el trabajo voluntario, siempre esforzándose por crear una sociedad mejor y más equitativa.

La mentalidad abierta es un rasgo definitorio de los individuos de Acuario. Aceptan la diversidad y aprecian la belleza de las diferentes perspectivas. Sus mentes son receptivas a ideas no convencionales y no tienen miedo de desafiar el statu quo, alimentando su búsqueda de un mundo más progresista.

Aunque su racionalidad a menudo tiene prioridad, las personas de Acuario tienen una profundidad oculta de emociones. A veces pueden parecer indiferentes, pero debajo de la superficie se encuentra un rico mundo interior. Navegan sus sentimientos intelectualmente, utilizando su enfoque lógico para comprender y procesar sus emociones.

Los individuos de Acuario son mariposas sociales, interactúan sin esfuerzo con los demás y expanden su red. Su naturaleza amistosa y su destreza intelectual atraen a la gente hacia ellos, ya que disfrutan de conversaciones que invitan a la reflexión y el intercambio de ideas. Su amplio círculo de amigos abarca diferentes orígenes e intereses, lo que refleja su aprecio por la diversidad.

En las relaciones, los Acuario buscan socios que respeten su necesidad de independencia y estimulación intelectual. Valoran una fuerte conexión mental y aprecian a un socio que comparte su visión de un mundo mejor. Si bien pueden luchar con la vulnerabilidad emocional, son ferozmente leales y están comprometidos a fomentar una relación profunda y significativa.

DEBILIDADES DE ACUARIO

La personalidad de Acuario, como cualquier otra, tiene su parte de debilidades que emergen en las profundidades de su carácter complejo. A medida que navegan a través de los desafíos de la vida, pueden manifestarse algunas tendencias, lo que podría dificultar su crecimiento y sus relaciones. Exploremos estos aspectos a medida que fluyen naturalmente:

A veces, las personas de Acuario pueden desapegarse emocionalmente, luchando por conectarse completamente con sus propias emociones y las de los demás. Su racionalidad y enfoque intelectual de la vida pueden eclipsar su capacidad de empatizar en un nivel emocional profundo. Este desapego puede generar dificultades para formar vínculos íntimos y comprender las necesidades emocionales de sus seres queridos.

En su búsqueda de la libertad y la independencia, los individuos de Acuario pueden exhibir una vena rebelde. Su resistencia a la autoridad y las estructuras establecidas a veces puede llevarlos a cuestionar las reglas y los límites, incluso cuando existen para su propio bienestar. Esta rebelión puede crear fricciones en ciertas situaciones, lo que puede causar tensión en las relaciones y los entornos profesionales.

Los individuos de Acuario, impulsados por sus fuertes convicciones e ideales, pueden volverse intransigentes en sus creencias. Pueden tener dificultades para ver perspectivas alternativas y pueden resistirse a cambiar sus puntos de vista. Esta rigidez puede dificultar su capacidad para adaptarse a nuevas circunstancias y entablar un diálogo constructivo con los demás.

Si bien las personas de Acuario suelen ser pensadores visionarios, sus ideas a veces pueden ser percibidas por otros como poco convencionales o poco prácticas. Su naturaleza con visión de futuro puede hacer que pasen por alto los aspectos prácticos de la implementación de sus ideas, lo que genera dificultades para convertir sus visiones en realidades tangibles.

Debido a su naturaleza independiente, las personas de Acuario pueden resistirse a pedir ayuda o apoyo cuando lo necesitan. Pueden percibir la búsqueda de ayuda como un signo de debilidad o dependencia, lo que los lleva a cargar solos con las cargas. Esta autosuficiencia a veces puede resultar en sentimientos de aislamiento y agobio.

Es importante recordar que estas debilidades no son defectos inherentes, sino aspectos en los que los Acuario pueden trabajar para lograr un crecimiento personal y conexiones más sólidas con los demás. Reconocer y abordar estas tendencias puede conducir a una vida más equilibrada y satisfactoria para las personas de Acuario.

RELACIÓN COMPATIBILIDAD CON ACUARIO

Basado solo en sus signos solares, así es como Acuario interactúa con los demás. Estas son las interpretaciones de compatibilidad para las 12 posibles combinaciones de Acuario. Este es un método limitado e insuficiente para determinar la compatibilidad.

Sin embargo, la compatibilidad con los signos solares sigue siendo la base de la armonía general en una relación.

La regla general es que el yin y el yang no se llevan bien. Yin complementa a yin y yang complementa a yang. Si bien las asociaciones de yin y yang pueden tener éxito, requieren más esfuerzo. Los signos del zodiaco de tierra y agua son Yin. Yang está representado por los signos zodiacales de fuego y aire.

Acuario (Yang) y Aries (Yang):

Cuando un individuo de Acuario se junta con un compañero de Aries, su energía Yang compartida crea una relación dinámica y emocionante. Ambos signos

11

son independientes, con visión de futuro y aventureros, lo que puede conducir a una conexión vibrante y estimulante. Aprecian la individualidad de cada uno y apoyan las aspiraciones y metas de cada uno. Sin embargo, pueden surgir enfrentamientos debido a sus fuertes personalidades y terquedad ocasional. Tanto Acuario como Aries necesitan encontrar un equilibrio entre su independencia y la necesidad de compromiso para asegurar una asociación armoniosa. Con una comunicación abierta y la voluntad de comprender las perspectivas de los demás, pueden construir una relación llena de aventuras compartidas y crecimiento personal.

Acuario (Yang) y Tauro (Yin):

Cuando Acuario y Tauro se unen, sus energías contrastantes crean una combinación única de estabilidad e innovación. Acuario, con su naturaleza progresista e intelectual, aporta ideas frescas y un sentido de aventura a la relación, mientras que Tauro proporciona una base y un enfoque práctico. Pueden aprender unos de otros y encontrar un equilibrio entre la espontaneidad y la seguridad. Sin embargo, pueden surgir conflictos debido al deseo de Tauro por la rutina y la estabilidad en conflicto con la necesidad de cambio y emoción de Acuario. Ambos socios deben adoptar el compromiso y la flexibilidad para crear una asociación duradera y satisfactoria. Al apreciar las fortalezas de cada uno y fomentar la comunicación abierta, pueden cultivar una relación que combine estabilidad y crecimiento.

Acuario (Yang) y Géminis (Yang):

Cuando Acuario y Géminis unen fuerzas, su energía Yang compartida enciende una relación estimulante e intelectualmente cargada. Comparten el amor por la estimulación mental, la comunicación y la exploración de nuevas ideas. Se involucran en conversaciones profundas y disfrutan del ingenio y el intelecto de los demás. Ambos signos son sociales y extrovertidos, lo que les permite prosperar juntos en una vibrante vida social. Sin embargo, pueden surgir desafíos cuando se trata de profundidad emocional y compromiso. Tanto Acuario como Géminis tienden a priorizar la libertad y la independencia, lo que a veces puede crear distancia en su relación. Al fomentar la intimidad emocional y crear un espacio seguro para la vulnerabilidad, pueden construir un vínculo fuerte que equilibre la conexión intelectual y la profundidad emocional.

Acuario (Yang) y Cáncer (Yin):

Acuario y Cáncer reúnen energías contrastantes en su relación. Acuario, con su naturaleza independiente e intelectual, puede encontrar difícil comprender la profundidad y sensibilidad emocional de Cáncer. Cáncer, por el contrario, busca seguridad y conexión emocional, lo que puede chocar con la necesidad de libertad y espacio de Acuario. Ambos socios deben trabajar en la comunicación y la empatía para salvar estas diferencias. Con paciencia, comprensión y voluntad de compromiso, pueden crear una relación armoniosa que respete las necesidades de seguridad emocional y libertad personal de cada uno.

Acuario (Yang) y Leo (Yang):

Acuario y Leo comparten una conexión dinámica y vivaz llena de pasión y creatividad. Ambos signos son confiados, extrovertidos y disfrutan estar en el centro de atención. Se inspiran mutuamente para perseguir sus sueños y apoyan la individualidad de cada uno. Sin embargo, pueden ocurrir enfrentamientos debido a sus fuertes personalidades y luchas de poder ocasionales. La naturaleza independiente de Acuario puede desafiar el deseo de atención y admiración de Leo, mientras que la necesidad de aprobación constante de Leo puede entrar en conflicto con la necesidad de libertad personal de Acuario. Al aprender a apreciar y celebrar las fortalezas de los demás, pueden crear una asociación vibrante y mutuamente satisfactoria.

Acuario (Yang) y Virgo (Yin):

Acuario y Virgo reúnen energías contrastantes en su relación. Acuario es innovador, visionario y valora las actividades intelectuales, mientras que Virgo es práctico, orientado a los detalles y centrado en la organización. Estas diferencias pueden conducir tanto a desafíos como a oportunidades de crecimiento. Acuario puede encontrar sofocante la atención al detalle y el perfeccionismo de Virgo, mientras que Virgo puede tener problemas con el desapego ocasional y la necesidad de independencia de Acuario. Ambos socios necesitan comunicarse abiertamente, apreciar las fortalezas del otro y encontrar un equilibrio entre la espontaneidad y la practicidad. Con paciencia y comprensión, pueden construir una relación que combine la estimulación intelectual con una estabilidad sólida.

Acuario (Yang) y Libra (Yang):

Acuario y Libra comparten una afinidad natural por las actividades intelectuales, las conexiones sociales y el deseo de armonía. Aprecian las ideas de los demás, disfrutan entablar conversaciones estimulantes y valoran el poder de la diplomacia en su relación. Sin embargo, pueden surgir conflictos debido a su indecisión y tendencia a evitar las confrontaciones.

Ambos socios deben trabajar para tomar decisiones firmes y abordar los problemas de frente para mantener un equilibrio saludable. Al cultivar una comunicación abierta, aceptar el compromiso y fomentar su conexión intelectual, pueden crear una asociación armoniosa e intelectualmente satisfactoria.

Acuario (Yang) y Escorpio (Yin):

Acuario y Escorpio poseen energías contrastantes, que pueden crear una relación dinámica e intensa. Acuario es independiente, de mente abierta y valora la libertad personal, mientras que Escorpio es apasionado, emocional y busca conexiones profundas. Estas diferencias pueden conducir tanto a la atracción como a los desafíos. Acuario puede encontrar abrumadora la intensidad y posesividad de Escorpio, mientras que Escorpio puede luchar con la necesidad de espacio y desapego de Acuario. Ambos socios deben aprender a navegar sus diferencias y encontrar un equilibrio entre la profundidad emocional y la libertad personal. Con confianza, comunicación y respeto mutuo, pueden crear una asociación poderosa y transformadora.

Acuario (Yang) y Sagitario (Yang):

Acuario y Sagitario comparten el entusiasmo por la vida, el amor por la aventura y una comprensión mutua de la necesidad de libertad personal del otro. Disfrutan explorando nuevos horizontes, participando en debates intelectuales y apoyando las aspiraciones de los demás. Ambos signos valoran la independencia y poseen una visión optimista de la vida. Sin embargo, pueden surgir conflictos cuando se trata de compromiso y profundidad emocional. Tanto Acuario como Sagitario pueden tener dificultades con la idea de establecerse y pueden priorizar sus actividades individuales sobre las responsabilidades de la relación. Al fomentar la comunicación abierta, abrazar las aventuras compartidas y respetar la necesidad de independencia de cada uno, pueden crear una asociación vibrante y satisfactoria.

Acuario (Yang) y Capricornio (Yin):

Acuario y Capricornio reúnen energías contrastantes en su relación. Acuario es innovador, con visión de futuro y valora la libertad personal, mientras que Capricornio es práctico, ambicioso y centrado en los valores tradicionales. Estas diferencias pueden crear tanto desafíos como oportunidades de crecimiento. Acuario puede encontrar que la naturaleza seria y convencional de Capricornio es restrictiva, mientras que Capricornio puede luchar con la necesidad de Acuario de cambios constantes e ideas poco convencionales. Ambos socios necesitan encontrar un equilibrio entre la estructura y la espontaneidad, abrazando las perspectivas únicas del otro y trabajando hacia objetivos comunes. Con paciencia, comprensión y apoyo mutuo, pueden crear una asociación armoniosa y equilibrada.

Acuario (Yang) y Acuario (Yang):

Cuando dos personas de Acuario se juntan, su energía Yang compartida crea una relación llena de estimulación intelectual, innovación y una comprensión profunda de la necesidad de libertad personal de cada uno. Disfrutan participar en conversaciones profundas, explorar nuevas ideas y apoyar la individualidad de cada uno. Sin embargo, pueden surgir conflictos debido a sus fuertes personalidades y choques ocasionales de egos. Ambos socios deben practicar la comunicación abierta, el compromiso y respetar la necesidad de independencia del otro. Al abrazar sus valores compartidos y fomentar su conexión intelectual, pueden construir una asociación progresiva y satisfactoria.

Acuario (Yang) y Piscis (Yin):

Acuario y Piscis poseen energías contrastantes, que pueden crear una relación compleja e intrigante. Acuario es racional, intelectual y valora la libertad personal, mientras que Piscis es intuitivo, emocional y busca conexiones espirituales. Estas diferencias pueden conducir tanto a desafíos como a oportunidades de crecimiento. Acuario puede encontrar abrumadora la profundidad emocional y la sensibilidad de Piscis, mientras que Piscis puede luchar con el desapego ocasional y la necesidad de independencia de Acuario. Ambos socios necesitan navegar sus diferencias con compasión, empatía y comunicación abierta. Al aprovechar sus fortalezas únicas y encontrar un equilibrio entre el intelecto y las emociones, pueden crear una relación que combine la estimulación intelectual y una profunda conexión emocional.

AMOR Y PASIÓN

En cuestiones de amor y pasión, las personas de Acuario poseen un enfoque distintivo y cautivador. Su naturaleza poco convencional y su curiosidad intelectual dan forma a sus experiencias en las relaciones. Aquí hay algunos aspectos que contribuyen a su amor y pasión únicos:

Los Acuario se sienten atraídos por lo extraordinario. Buscan socios que compartan su pasión por la exploración intelectual y que puedan involucrarlos en conversaciones profundas y estimulantes. La estimulación mental es un ingrediente clave en sus conexiones románticas.

Su amor está arraigado en un sentido de amistad. Acuario cree en construir una base sólida de amistad con su pareja, valorando una conexión profunda y un sentido de camaradería. Aprecian a una pareja que puede ser a la vez amante y confidente, alguien con quien puedan compartir sus esperanzas, sueños y temores.

Los Acuario valoran la libertad personal y la individualidad. Requieren espacio e independencia para nutrir sus propios intereses y pasiones. Buscan socios que entiendan y apoyen su necesidad de autonomía, respetando sus límites y permitiéndoles espacio para explorar su individualidad.

Su amor a menudo está marcado por un enfoque poco convencional y de mente abierta. Las personas de Acuario están dispuestas a desafiar las normas y tradiciones sociales en sus relaciones. Se sienten atraídos por socios que están abiertos a explorar nuevas ideas, estilos de vida alternativos y experiencias únicas.

Los individuos de Acuario pueden tener una tendencia a ser emocionalmente desapegados a veces. Si bien poseen un profundo sentido de empatía, pueden tener dificultades para expresar sus emociones abiertamente. Es importante que sus parejas proporcionen un entorno seguro y comprensivo donde Acuario se sienta cómodo compartiendo sus sentimientos más íntimos.

Su pasión se enciende por la búsqueda del conocimiento y el crecimiento personal. Las personas de Acuario prosperan con el aprendizaje continuo y la expansión de sus horizontes. Se sienten atraídos por socios que comparten su sed de conocimiento y que alientan sus actividades intelectuales.

En general, los Acuario abordan el amor y la pasión con una mezcla de curiosidad intelectual, libertad personal y deseo de desafiar el status quo. Buscan socios que adopten su perspectiva única y estén dispuestos a embarcarse juntos en un viaje de exploración intelectual y emocional.

CASAMIENTO

Las personas de Acuario se acercan a la institución del matrimonio con una actitud generalmente de apoyo. Sin embargo, priorizan asegurar su estabilidad financiera antes de comprometerse completamente con el matrimonio. Entienden la importancia de una base financiera sólida para brindar estabilidad y seguridad para ellos y sus socios.

Para mantener un matrimonio saludable y satisfactorio, las personas de Acuario deben tener en cuenta su tendencia a entablar disputas y criticar a sus parejas. Es crucial para ellos moderar estas inclinaciones, ya que las críticas constantes pueden debilitar la moral de su pareja y poner en riesgo la relación. La comunicación abierta y respetuosa es clave para resolver conflictos y fomentar un vínculo armonioso.

Las personas de Acuario se esfuerzan como nadie por mantener vivo su matrimonio. Están comprometidos con el bienestar y el crecimiento de su relación, invirtiendo tiempo y esfuerzo para nutrir y fortalecer su conexión. Sin embargo, si encuentran que los desacuerdos son insuperables y comprometen su felicidad, no dudarán en considerar terminar el matrimonio.

En términos de responsabilidades, los Acuario valoran la igualdad y la justicia en su dinámica marital. Aprecian a los socios que comparten la carga del trabajo y los deberes familiares. Buscan orden y eficiencia en su matrimonio y abordan sus tareas conyugales con dedicación y actitud positiva.

Los hombres y mujeres de Acuario son dedicados y trabajadores, y valoran sus roles como socios, padres y cónyuges. Tienen valores igualitarios y luchan por una división equilibrada de responsabilidades, asegurando que sus cónyuges no lleven una carga injusta. Rechazan el sexismo y trabajan para crear un ambiente de apoyo mutuo y respeto dentro de su matrimonio.

CAPITULO DOS

HORÓSCOPO ACUARIO 2024

Resumen Acuario 2024

Acuario, a medida que ingresas al año 2024, el cosmos se está alineando de una manera que dará forma a tu viaje de manera profunda. Los movimientos planetarios a lo largo del año indican una época de oportunidades, desafíos y crecimiento. La alineación del Sol, Mercurio, Venus, Marte y Júpiter jugará un papel crucial en varios aspectos de su vida, incluida su carrera, relaciones, salud y desarrollo personal. Profundicemos más en lo que el año tiene reservado para ti.

El año comienza con un fuerte enfoque en su carrera. La conjunción de Mercurio y Urano en Tauro en mayo sugiere un momento de innovación y creatividad en tu vida profesional. Es posible que se encuentre asumiendo nuevos proyectos o explorando nuevas ideas que pueden conducir al crecimiento profesional. Sin embargo, la cuadratura entre Marte y Plutón en junio indica posibles desafíos y conflictos en el trabajo. Es importante mantenerse enfocado y no dejar que los conflictos descarrilen su progreso.

A medida que avanza en el segundo trimestre, el aspecto financiero ocupa un lugar central. El sextil entre Venus y Quirón en junio es un bálsamo curativo para cualquier herida financiera que puedas tener. Este es un período de recuperación financiera. Vuelva a evaluar sus metas financieras y no tenga miedo de hacer los ajustes necesarios. La creación de redes es clave durante este período. El quintil entre Venus y el Nodo Verdadero en junio sugiere que hacer las conexiones correctas puede abrir puertas a oportunidades financieras.

El tercer trimestre del año trae una combinación de desafíos y oportunidades en su carrera. La conjunción de Mercurio y Urano en Tauro en mayo sugiere un momento de innovación y creatividad en tu vida profesional. Es posible que se encuentre asumiendo nuevos proyectos o explorando nuevas ideas que pueden conducir al crecimiento profesional. Sin embargo, la cuadratura entre Marte y Plutón en junio indica posibles desafíos y conflictos en el trabajo. Es importante mantenerse enfocado y no dejar que los conflictos descarrilen su progreso.

A medida que el año llega a su fin , el enfoque vuelve a su vida financiera. El sextil entre Venus y Quirón en junio es un bálsamo curativo para cualquier herida financiera que puedas tener. Este es un período de recuperación financiera. Vuelva a evaluar sus metas financieras y no tenga miedo de hacer los ajustes necesarios. La creación de redes es clave durante este período. El quintil entre Venus y el Nodo Verdadero en junio sugiere que hacer las conexiones correctas puede abrir puertas a oportunidades financieras.

En cuanto a las relaciones y la vida social, la cuadratura entre Venus y Neptuno en junio indica una época de confusión o malentendidos en tus relaciones. Es importante comunicarse clara y honestamente durante este tiempo y buscar claridad cuando sea necesario. El sextil entre Mercurio y el Nodo Verdadero en junio también sugiere que la comunicación y las interacciones sociales serán particularmente importantes durante este tiempo. Este es un buen momento para construir y fortalecer las relaciones.

A medida que avanza el año, encontrará que su vida social se acelera. Hay un sentido de compañerismo y pertenencia que te envuelve. Participe en actividades sociales, pero tenga cuidado de no comprometerse demasiado. El equilibrio es clave.

Su salud y bienestar son áreas que requieren atención este año. El sesquicuadrado entre el Sol y Quirón en junio es un llamado a la sanación. Este es el momento de integrar las prácticas de bienestar en su rutina diaria. Ya sea a través del yoga, la meditación o simplemente pasando tiempo en la naturaleza, nutrir tu bienestar es esencial.

La última parte del año trae vitalidad. El sextil entre el Sol y Quirón en junio es una energía rejuvenecedora. Participe en actividades físicas que no solo fortalezcan su cuerpo sino que también traigan alegría a su alma.

A nivel espiritual, 2024 es un año de profundo crecimiento y aprendizaje. El quintil entre Júpiter y Saturno en mayo es un aula cósmica. Este es un tiempo de aprendizaje espiritual y de búsqueda de una mayor sabiduría. Estás siendo llamado a profundizar en los misterios de la vida.

La conjunción entre Venus y Plutón en julio es un catalizador para la transformación. Este es un período de despojarse de pieles viejas y emerger de nuevo. Acepta los cambios y permítete crecer y evolucionar.

En conclusión, Acuario, el año 2024 será un año de crecimiento, transformación y autodescubrimiento. Si bien habrá desafíos en el camino, estos desafíos brindarán oportunidades para el desarrollo y la comprensión personal. Abrace el viaje y aproveche al máximo las oportunidades que se le presenten. Manténgase abierto a aprender y crecer, y no tenga miedo de explorar nuevos caminos. Tu espíritu aventurero te guiará a través de los altibajos del año, llevándote a nuevas alturas en tu vida personal y profesional.

Recuerde, las estrellas son simplemente guías. Tienes el poder de dar forma a tu destino. Usa las ideas de tu horóscopo para navegar el año, pero siempre escucha tu voz interior. Es su guía más confiable. Por un año lleno de crecimiento, éxito y felicidad.

Enero 2024

Horóscopo

Enero es un mes de energía transformadora para Acuario. Las alineaciones celestiales presentan una combinación única de oportunidades y desafíos que darán forma a varios aspectos de su vida. A medida que comienza el mes, puede experimentar un choque entre sus deseos y responsabilidades, indicado por Venus en Sagitario en cuadratura con Saturno en Piscis el 1 de enero. Este conflicto podría crear una sensación de frustración y dificultar su capacidad para encontrar el equilibrio.

Sin embargo, el 3 de enero, Venus forma un aspecto de quincunx con Júpiter, instándote a hacer ajustes en tu vida amorosa. Es esencial ser flexible y de mente abierta para navegar cualquier problema de relación durante este tiempo. Simultáneamente, Mercurio forma quintiles con Saturno, brindándole claridad mental y la capacidad de comunicarse de manera efectiva. Aproveche esta alineación para abordar cualquier malentendido o conflicto persistente en sus interacciones personales.

Las emociones pueden ser intensas el 9 de enero cuando el Sol esté en cuadratura con Quirón, sacando a la superficie las heridas no resueltas. Este puede ser un período transformador para la curación y el crecimiento personal. Aproveche esta oportunidad para reflexionar sobre experiencias pasadas y participar en prácticas de cuidado personal que promuevan el bienestar emocional.

La mitad del mes es prometedor para Acuario en materia de amor y relaciones. El 12 de enero, Marte hace trígono a Júpiter, alimentando tu pasión y confianza en los esfuerzos románticos. Este aspecto trae energía armoniosa, permitiéndole expresar sus deseos con carisma y encanto. Es un momento excelente para profundizar la conexión con tu pareja o dar pasos audaces para encontrar un nuevo interés amoroso.

En resumen, enero presenta una combinación de desafíos y oportunidades para Acuario. La clave para navegar este mes con éxito radica en mantener un enfoque flexible y de mente abierta. Priorice el cuidado personal, tenga cuidado en los asuntos financieros y adopte la energía transformadora para fomentar el crecimiento personal y conexiones más profundas en el amor y las relaciones.

Amar

Para Acuario, el amor ocupa un lugar central en enero, ya que las energías celestiales estimulan tanto los desafíos como las oportunidades en las relaciones. El mes comienza con Venus en cuadratura con Saturno, lo que puede crear tensión y obstáculos potenciales en su vida romántica. Puede sentirse restringido o agobiado por las responsabilidades, por lo que es fundamental encontrar un equilibrio entre los deseos personales y los compromisos. La comunicación abierta y honesta es crucial durante este período para abordar cualquier problema de relación y encontrar soluciones mutuamente satisfactorias.

El 3 de enero, Venus forma un aspecto de quincunx con Júpiter, instándote a hacer ajustes en tu enfoque del amor y las relaciones. Es un momento para ser flexible y adaptable, ya que sus expectativas pueden necesitar una revisión. Abrazar el compromiso y buscar un terreno común contribuirá a la armonía de la relación. Los Acuario solteros pueden sentirse atraídos por personas que desafían sus preferencias habituales, lo que lleva a conexiones emocionantes e inesperadas.

La mitad del mes trae una oportunidad significativa para el amor y el romance. Marte hace trígono a Júpiter el 12 de enero, encendiendo pasión y confianza en tus interacciones. Su carisma y personalidad magnética atraerán socios potenciales sin esfuerzo. Esta alineación lo alienta a dar pasos audaces en los asuntos del corazón. Ya sea que esté comenzando una nueva relación o profundizando una existente, este es un momento de alegría y satisfacción.

Hacia finales de enero, Venus hace cuadratura con Neptuno, requiriendo cautela en materia amorosa. Tenga cuidado con idealizar parejas o idealizar situaciones sin una base sólida. Tómese el tiempo para evaluar la autenticidad y compatibilidad de un socio potencial antes de comprometerse por completo. Confíe en sus instintos y use el discernimiento cuando navegue por oportunidades románticas.

Carrera

Los Acuario experimentarán una energía dinámica y transformadora en su vida profesional durante enero. Los aspectos celestiales indican una combinación de desafíos y oportunidades que darán forma a su trayectoria profesional.

A principios de mes, Venus está en cuadratura con Saturno, creando posibles obstáculos y limitaciones en tus esfuerzos profesionales. Puede enfrentar dificultades o retrasos en el logro de sus objetivos, lo que lo lleva a una sensación de frustración o estancamiento. Sin embargo, la perseverancia y un enfoque estratégico lo ayudarán a superar estos desafíos. Concéntrese en la visión a largo plazo y manténgase comprometido con sus aspiraciones profesionales.

El 3 de enero, Mercurio forma quintiles con Saturno, proporcionando claridad mental y habilidades de comunicación efectivas. Esta alineación favorece las negociaciones, las presentaciones y los proyectos colaborativos. Utilice este período para expresar sus ideas y hacer contribuciones significativas a los esfuerzos del equipo. Sus ideas y pensamiento innovador serán apreciados y reconocidos por colegas y superiores.

La mitad de enero trae una oleada de motivación y confianza en su trayectoria profesional. Marte hace trígono a Júpiter el 12 de enero, encendiendo tu ambición y tu impulso por el éxito. Este aspecto lo alienta a tomar riesgos calculados y afirmarse en situaciones profesionales. Aproveche las oportunidades de crecimiento y avance, ya que su determinación y arduo trabajo producirán resultados fructíferos.

Finanzas

Las personas de Acuario deberán ejercer cautela y prudencia en sus asuntos financieros durante enero. Los aspectos celestiales indican la necesidad de una planificación cuidadosa y la toma de decisiones estratégicas para garantizar la estabilidad y la prosperidad.

A principios de mes, Venus cuadra con Saturno, lo que destaca posibles limitaciones u obstáculos financieros. Este aspecto sirve como un recordatorio para practicar la disciplina y evitar el gasto impulsivo. Es crucial ceñirse a un presupuesto y priorizar los gastos esenciales. Considere revisar sus metas financieras y hacer los ajustes necesarios para alinearse con sus circunstancias actuales.

El 8 de enero, Venus biquintiliza a Júpiter, ofreciendo una influencia financiera positiva. Esta alineación puede traer oportunidades de crecimiento y abundancia. Sin embargo, es importante abordar estas oportunidades con discernimiento y evitar asumir riesgos excesivos. Tome decisiones informadas y busque el asesoramiento de expertos si es necesario para maximizar sus ganancias financieras.

A mediados de mes se centra en la planificación financiera a largo plazo. Venus cuadra con Neptuno el 19 de enero, enfatizando la importancia de la claridad y la practicidad en sus decisiones financieras. Tenga cuidado con las ilusiones potenciales o las expectativas poco realistas con respecto a las inversiones o empresas financieras. Tómese el tiempo para investigar a fondo y evaluar las oportunidades antes de comprometer sus recursos. También puede ser beneficioso reevaluar sus metas financieras y asegurarse de que se alineen con sus aspiraciones a largo plazo.

Salud

Mantener una salud y un bienestar óptimos debería ser una prioridad para los Acuario en enero. Los aspectos celestiales resaltan la importancia del cuidado personal y la adopción de hábitos saludables para apoyar su bienestar físico y emocional.

A principios de mes, Venus cuadra con Saturno, lo que puede contribuir a una sensación de poca energía o fatiga. Es esencial escuchar a su cuerpo y asegurarse de que está descansando y relajándose lo suficiente. Preste atención a cualquier signo de estrés o agotamiento y tome los descansos necesarios para recargar energías. Incorpore técnicas de manejo del estrés en su rutina diaria, como la meditación, el yoga o la participación en actividades que le brinden alegría y relajación.

El 9 de enero, el Sol está en cuadratura con Quirón, atrayendo la atención al bienestar emocional. Este aspecto puede aflorar heridas no resueltas o desafíos emocionales. Es importante reconocer y abordar estos problemas para promover la curación y el crecimiento personal. Considere buscar el apoyo de un terapeuta o consejero para navegar de manera efectiva cualquier lucha emocional.

La mitad del mes trae una oleada de vitalidad y energía física. Marte hace trígono a Júpiter el 12 de enero, proporcionando un impulso de motivación y resistencia. Aproveche esta energía participando en ejercicio regular y actividades físicas que disfrute. Esta alineación también respalda los enfoques proactivos para mantener la salud en general, como adoptar una dieta nutritiva e incorporar prácticas para reducir el estrés.

Hacia fines de enero, el semisextil del Sol con Saturno puede contribuir a una sensación de fatiga o baja energía. Es crucial priorizar el autocuidado durante este período. Asegúrese de dormir lo suficiente, nutrir su cuerpo con comidas nutritivas y practicar la atención plena para apoyar su bienestar general.

Recuerda escuchar las señales de tu cuerpo y honrar tus necesidades físicas y emocionales. Incorpore prácticas de cuidado personal que promuevan el equilibrio, la relajación y el rejuvenecimiento. Al priorizar su salud y bienestar, puede navegar enero con vitalidad y mantener una base sólida para una salud óptima durante todo el año.

Viajar

Para las personas de Acuario, enero presenta oportunidades para viajar y explorar. Los aspectos celestiales indican un sentido de aventura y un deseo de nuevas experiencias. Sin embargo, es importante planificar sus viajes cuidadosamente y considerar cualquier desafío potencial que pueda surgir.

A mediados de mes, Marte hace trígono a Urano, encendiendo un espíritu de espontaneidad y aventura. Esta alineación lo alienta a aceptar lo inesperado y salir de su zona de confort. Si ha estado anhelando un cambio de aires, este es un momento ideal para planear una escapada o explorar nuevos destinos. Ya sea una escapada de fin de semana o un viaje más prolongado, permítase disfrutar de nuevas experiencias y sumergirse en diferentes culturas.

Si bien el deseo de aventura es fuerte, es fundamental equilibrarlo con la practicidad y la preparación. Manténgase actualizado con los avisos de viaje y tenga en cuenta las posibles interrupciones o restricciones que puedan afectar sus planes. También es recomendable tener un itinerario flexible y planes de respaldo en caso de circunstancias imprevistas.

Tómese el tiempo para investigar y planificar sus viajes cuidadosamente. Considere factores como el transporte, el alojamiento y cualquier consideración cultural o de seguridad. Participe en prácticas de viaje responsables y sostenibles, respetando las costumbres locales y el medio ambiente de los lugares que visita.

Durante sus viajes, aproveche la oportunidad de expandir sus horizontes y aprender de diferentes culturas y perspectivas. Esté abierto a nuevas experiencias, conéctese con los lugareños y cree recuerdos que enriquecerán su crecimiento personal.

Si viajar no es factible durante este tiempo, aún puede explorar nuevas atracciones locales o participar en excursiones de un día a destinos cercanos. Descubra gemas ocultas en su propio patio trasero y aprecie la belleza y la diversidad de su entorno.

Visión de las estrellas

"Acepta el poder de la vulnerabilidad y abre tu corazón a conexiones más profundas. Es a través de la vulnerabilidad que se forja la verdadera intimidad".

Mejores días del mes: `8, 12, 19, 22, 25, 28 y 30 de enero.

Febrero 2024

Horóscopo

El mes comienza con Marte en semicuadratura con Saturno el 2 de febrero, presentando un desafío que pone a prueba tu determinación y resiliencia. Este aspecto lo alienta a superar obstáculos y perseverar hacia sus objetivos. El sextil entre Mercurio y Neptuno el 2 de febrero potencia tu intuición y tus habilidades de comunicación, permitiéndote expresar tus ideas con claridad y compasión.

La segunda quincena de febrero trae un énfasis en la autorreflexión y el crecimiento personal. El aspecto de Mercurio en sextil con Júpiter el 22 de febrero amplifica tus capacidades mentales y expande tus horizontes. Esta alineación favorece el aprendizaje, la enseñanza y la participación en discusiones filosóficas. Aproveche las oportunidades para el crecimiento intelectual y disfrute de la alegría del aprendizaje permanente.

En general, febrero de 2024 invita a las personas de Acuario a abrazar su singularidad, buscar el crecimiento personal y expandir sus horizontes. Es un mes de autodescubrimiento, comunicación mejorada y búsqueda de ideas innovadoras. Abrace la energía transformadora y confíe en su capacidad para navegar los desafíos y aprovechar las oportunidades que se avecinan.

Amar

El semisextil del Sol con Venus el 5 de febrero infunde calidez y afecto en tus relaciones. Este aspecto fomenta los gestos románticos, las conversaciones sinceras y una conexión emocional más profunda con tu pareja. Es un excelente momento para expresar su amor y aprecio.

Sin embargo, el aspecto de Venus en cuadratura con Quirón en el mismo día puede traer heridas pasadas y vulnerabilidades emocionales dentro de las relaciones. Es crucial abordar cualquier conflicto o desencadenante con compasión, comprensión y voluntad de sanar juntos. Aproveche esta oportunidad para abordar cualquier problema no resuelto y fomentar un sentido más profundo de intimidad emocional.

El 9 de febrero, el semisextil de Mercurio con Saturno te insta a comunicar claramente tus necesidades y límites. Las conversaciones abiertas y honestas con su pareja ayudarán a establecer una base sólida basada en la confianza y el respeto. Recuerda escuchar atentamente la perspectiva de tu pareja y encontrar soluciones mutuamente beneficiosas.

A medida que avanzamos hacia la segunda mitad del mes, la semicuadratura del Sol con el Nodo Verdadero el 20 de febrero puede traer algunos desafíos a las relaciones. Es esencial sortear estos obstáculos con paciencia y comprensión. Evite las reacciones impulsivas y, en cambio, concéntrese en encontrar un compromiso equilibrado que honre tanto su individualidad como su compromiso con la relación.

El Nodo Verdadero en sextil de Venus el 29 de febrero mejora tus conexiones sociales y brinda oportunidades para nuevos encuentros románticos o para profundizar los lazos existentes. Es posible que se sienta atraído por personas que comparten su visión del futuro y que lo inspiran intelectualmente. Abrace estas conexiones y permita que el amor se desarrolle naturalmente.

Carrera

La conjunción entre Venus y Marte el 22 de febrero enciende tu ambición e impulso, brindándote la energía y la determinación para perseguir tus objetivos profesionales. Esta alineación le permite afirmarse con confianza y dar pasos audaces hacia el éxito.

La conjunción de Mercurio con Saturno el 28 de febrero aporta un enfoque práctico y disciplinado a su trabajo. Es probable que se concentre en objetivos a largo plazo, planificación estratégica y atención a los detalles. Este es un excelente momento para revisar sus responsabilidades profesionales, optimizar su flujo de trabajo y buscar formas de mejorar su eficiencia y productividad.

El aspecto de Marte en cuadratura con Júpiter el 27 de febrero brinda oportunidades de crecimiento y expansión en su carrera. Puede encontrar nuevos proyectos, promociones o aventuras emocionantes que pongan a prueba sus habilidades y lo saquen de su zona de confort. Acepte estos desafíos con entusiasmo y confianza, ya que tienen el potencial de impulsar su crecimiento profesional.

Sin embargo, el aspecto de Marte en cuadratura con Neptuno el 28 de febrero puede presentar algunas incertidumbres y posibles contratiempos. Es crucial mantenerse conectado a tierra, mantener expectativas realistas y tener cuidado al tomar decisiones importantes. Use su intuición y discernimiento para navegar por cualquier complejidad que surja y busque el apoyo de colegas o mentores de confianza si es necesario.

El aspecto de Venus en cuadratura con Júpiter el 10 de febrero te recuerda que debes encontrar un equilibrio entre la ambición profesional y la realización personal. Si bien es esencial perseguir sus objetivos profesionales, no descuide el cuidado personal y el mantenimiento de un equilibrio saludable entre el trabajo y la vida. Fomente sus relaciones personales y participe en actividades que le brinden alegría y relajación, ya que contribuyen a su bienestar y éxito general.

Recuerde aprovechar su naturaleza innovadora y visionaria durante todo el mes. Sus perspectivas e ideas únicas tienen el potencial de tener un impacto significativo en su campo. Adopte la colaboración, piense fuera de la caja y aproveche su creatividad para encontrar soluciones no convencionales a los desafíos.

Finanzas

El aspecto de Venus en cuadratura con Neptuno el 25 de febrero te recuerda que debes tener cuidado y discernimiento cuando se trata de decisiones financieras. Tenga en cuenta las posibles ilusiones o expectativas poco realistas que podrían generar riesgos o pérdidas financieras. Es esencial realizar una investigación exhaustiva y buscar el asesoramiento de expertos antes de realizar inversiones o compromisos financieros significativos.

Sin embargo, el aspecto de Venus en trígono con Urano el 7 de febrero trae oportunidades y avances financieros inesperados. Puede recibir una ganancia repentina, una bonificación inesperada o una propuesta comercial lucrativa. Manténgase abierto y receptivo a estas bendiciones inesperadas, ya que tienen el potencial de mejorar su situación financiera.

La conjunción de Mercurio con Saturno el 28 de febrero enfatiza la responsabilidad y la disciplina financiera. Esta alineación lo alienta a revisar sus objetivos financieros, crear un presupuesto realista y concentrarse en la estabilidad financiera a largo plazo. Es un momento favorable para evaluar sus hábitos de gasto, eliminar gastos innecesarios y establecer un plan de ahorro sólido.

El aspecto de Marte en sextil con Neptuno el 7 de febrero lo invita a explorar formas innovadoras y creativas para mejorar su situación financiera. Considere fuentes alternativas de ingresos u oportunidades de inversión que se alineen con sus habilidades e intereses únicos. Su capacidad para pensar fuera de la caja puede conducir a avances financieros y una mayor prosperidad.

Es importante lograr un equilibrio entre la prudencia financiera y aprovechar las oportunidades de crecimiento. La conjunción de Venus con Marte el 22 de febrero te recuerda que debes ser proactivo y asertivo en la consecución de tus objetivos financieros. Tome riesgos calculados y afirme su confianza cuando se trata de negociar acuerdos o buscar oportunidades mejor pagadas.

Recuerda priorizar tu bienestar financiero practicando la autodisciplina y evitando gastos impulsivos o innecesarios. Concéntrese en construir una base financiera sólida que respalde sus objetivos a largo plazo y le brinde una sensación de seguridad.

Salud

El semisextil del Sol con Neptuno el 15 de febrero destaca la importancia de mantener un equilibrio saludable entre la mente, el cuerpo y el espíritu. Este aspecto le recuerda priorizar el cuidado personal y participar en actividades que promuevan el bienestar general.

Con el aspecto de Neptuno en semicuadratura de Mercurio el 23 de febrero, es crucial tener en cuenta tu salud mental. Tómate un tiempo para la relajación, la meditación y la introspección para combatir el estrés y la ansiedad. Participar en actividades que estimulen su mente, como leer, resolver rompecabezas o actividades creativas, puede ayudar a mantener la claridad mental y el equilibrio emocional.

El aspecto de Marte en cuadratura con Júpiter el 27 de febrero te anima a ser cauteloso con las actividades físicas. Si bien puede sentirse con energía y motivación, es importante evitar el esfuerzo excesivo o participar en actividades de alto riesgo. Concéntrese en mantener una rutina de ejercicios constante que se adapte a su nivel de condición física y consulte con un profesional de la salud antes de emprender cualquier desafío físico intenso.

La conjunción del Sol con Mercurio el 28 de febrero enfatiza la importancia de la comunicación y la búsqueda de apoyo para sus necesidades de salud. Si tiene alguna inquietud o pregunta sobre su bienestar, no dude en comunicarse con profesionales de la salud o asesores de confianza que puedan brindarle orientación y asistencia.

Preste atención a sus patrones de sueño y asegúrese de obtener suficiente descanso reparador. El aspecto de Venus en sextil con Neptuno el 13 de febrero crea un ambiente favorable para la relajación y el rejuvenecimiento. Considere incorporar actividades relajantes en su rutina diaria, como tomar baños tibios, practicar yoga o meditación, y dedicarse a pasatiempos que le brinden alegría y tranquilidad.

Nutre tu cuerpo con alimentos nutritivos y mantén una dieta balanceada. El aspecto de Venus en cuadratura con Quirón el 5 de febrero te recuerda que debes tener en cuenta los patrones de alimentación emocional o usar la comida como un mecanismo de supervivencia. Busque alternativas más saludables para manejar el estrés o las emociones, como participar en actividades físicas, conectarse con sus seres queridos o practicar técnicas de atención plena.

Viajar

El semisextil del Sol con Urano el 26 de febrero despierta un deseo de exploración y descubrimiento. Este aspecto lo alienta a salir de su zona de confort y aprovechar las oportunidades para viajar y aventurarse.

Si ha estado contemplando un viaje, este es un excelente momento para planificar y hacer arreglos . Ya sea que se trate de una escapada espontánea de fin de semana o de unas vacaciones bien planificadas, déjese guiar por su espíritu aventurero. Considere explorar destinos desconocidos o participar en actividades que amplíen sus horizontes y amplíen su perspectiva.

Sin embargo, es esencial tener precaución y ser flexible con sus planes de viaje. El aspecto de Marte en cuadratura con Júpiter el 27 de febrero sugiere la necesidad de una planificación cuidadosa y una evaluación de riesgos. Preste atención a los avisos de viaje, las condiciones climáticas y cualquier posible interrupción que pueda afectar su viaje. Mantenga un plan de respaldo y esté preparado para cambios imprevistos.

Durante sus viajes, aproveche las oportunidades de inmersión cultural y de conexión con las comunidades locales. El nodo verdadero del quintil de Venus el 20 de febrero mejora su capacidad para formar conexiones significativas con las personas que encuentra en el camino. Participe en conversaciones, pruebe la cocina local y sumérjase en las experiencias únicas que cada destino tiene para ofrecer.

Aproveche la tecnología para facilitar experiencias de viaje perfectas. El quintil de Mercurio Urano el 27 de febrero favorece el uso de herramientas y aplicaciones digitales que hacen más accesible la navegación, la comunicación y la planificación de viajes. Utilice aplicaciones de viaje, herramientas de traducción de idiomas y recursos en línea para mejorar su experiencia de viaje y mantenerse conectado con sus seres queridos en casa.

Sea consciente de su seguridad personal durante sus viajes. El aspecto de Neptuno en semicuadratura de Marte el 28 de febrero destaca la necesidad de vigilancia y conciencia de su entorno. Confíe en su instinto, siga las pautas locales y tome las precauciones necesarias para garantizar un viaje seguro y placentero.

Recuerde equilibrar su deseo de exploración con el cuidado personal durante sus viajes. Viajar puede ser exigente física y mentalmente, por lo que es crucial priorizar el descanso, la hidratación y una nutrición adecuada. Tome descansos, duerma lo suficiente y escuche las necesidades de su cuerpo para evitar la fatiga del viaje o el agotamiento.

Visión de las estrellas

Acepta el cambio y mantente abierto a nuevas experiencias, ya que son la clave del crecimiento personal. Confía en tu intuición y sigue los deseos de tu corazón, incluso si difieren de las expectativas de los demás.

Mejores días del mes: 5, 7, 15, 19, 22, 24 y 29 de febrero.

Marzo 2024

Horóscopo

Querido Acuario, a medida que avanza marzo, te encontrarás inmerso en una energía dinámica y transformadora que fomenta el crecimiento y la evolución personal. El mes inicia con el Sol en Piscis, activando tu sector de espiritualidad e introspección. Esta alineación celestial te invita a conectarte con tu sabiduría interior y explorar las profundidades de tu psique. Tómese el tiempo para la autorreflexión, la meditación y la contemplación para obtener claridad y comprensión del propósito de su vida.

Mercurio, el planeta de la comunicación y el intelecto, también transita por Piscis, potenciando tus facultades intuitivas e imaginativas. Este período es ideal para los esfuerzos creativos, los estudios espirituales y la profundización de la comprensión de los temas metafísicos. Su intuición se intensificará y puede recibir una guía valiosa de sus sueños o destellos intuitivos.

Venus, el planeta del amor y la belleza, ingresa a Acuario el 1 de marzo, infundiendo armonía, compasión y un toque de excentricidad en sus relaciones. Este es un momento favorable para expresar su auténtico yo y abrazar sus cualidades únicas en sus conexiones con los demás. Permita que sus amistades y asociaciones románticas evolucionen naturalmente y nutra los lazos que traen alegría y satisfacción a su vida.

Amar

En asuntos del corazón, marzo trae una mezcla de pasión, profundidad emocional y la necesidad de libertad en tus relaciones. Con Venus en Acuario, tu encanto y magnetismo naturales se amplifican, atrayendo a otros hacia ti. Exudas una energía única y cautivadora que despierta intriga y fascinación. Este es un momento ideal para abrazar su individualidad y expresar su ser auténtico en conexiones románticas.

Sin embargo, Venus en cuadratura con Urano el 3 de marzo puede introducir algunos giros inesperados en tu vida amorosa. Las atracciones repentinas, las relaciones no convencionales o el deseo de una mayor independencia pueden crear una dinámica emocionante pero impredecible. Esté abierto a explorar nuevas dinámicas de relación, pero también asegure una comunicación clara y un entendimiento mutuo para mantener la armonía.

Para aquellos que ya están en sociedad, la influencia de Marte en Acuario aumenta la pasión y enciende un sentido de aventura. Usted y su pareja pueden embarcarse en esfuerzos compartidos, explorar nuevos pasatiempos o participar en discusiones intelectuales que profundicen su vínculo. Sin embargo, tenga en cuenta el aspecto de Marte en cuadratura con Urano el 9 de marzo, ya que puede generar cierta tensión o conflictos con respecto a la libertad personal y la expresión individual. La comunicación honesta y abierta será esencial para navegar estos desafíos y encontrar resoluciones armoniosas.

Si es soltero, este es un momento para abrazar su independencia y concentrarse en el crecimiento personal. Utilice sus cualidades e intereses únicos para atraer a personas de ideas afines que aprecien su individualidad. No se apresure a comprometerse; permitir que las relaciones se desarrollen de forma natural y orgánica.

Carrera

Con el Sol en Piscis, aportas un enfoque compasivo e intuitivo a tu trabajo, lo que te hace estar muy en sintonía con las necesidades de los demás. Esta naturaleza empática puede ser un activo valioso en los campos que involucran la curación, el asesoramiento o los esfuerzos creativos.

La conjunción de Mercurio con Neptuno el 8 de marzo mejora tus habilidades de comunicación y tu pensamiento imaginativo. Este es un momento excelente para la lluvia de ideas, la resolución de problemas y la búsqueda de soluciones innovadoras para los desafíos relacionados con el trabajo. Su capacidad para aprovechar su intuición y pensar fuera de la caja lo diferenciará de sus colegas y dejará una impresión positiva en sus superiores.

Sin embargo, la influencia de Marte en Acuario puede generar cierta tensión y competitividad en el lugar de trabajo. Si bien su asertividad e impulso son encomiables, tenga en cuenta los conflictos que pueden surgir debido a las diferentes opiniones y luchas de poder. Busque soluciones diplomáticas y use su diplomacia natural y su capacidad para ver el panorama general para calmar las tensiones en el lugar de trabajo.

El aspecto de Mercurio en cuadratura con Marte el 14 de marzo puede traer desafíos adicionales, como problemas de comunicación o conflictos con colegas o superiores. Es crucial mantener la calma y la compostura, evitando confrontaciones innecesarias. Practica la escucha activa y exprésate de manera asertiva pero respetuosa para mantener un ambiente de trabajo armonioso.

El 18 de marzo marca la conjunción de Mercurio con el Nodo Verdadero, lo que indica oportunidades significativas para el crecimiento y el avance profesional. Esta alineación favorece la creación de redes, la colaboración y la formación de alianzas estratégicas que pueden impulsar su carrera hacia adelante. Preste atención a los posibles mentores o personas influyentes que puedan guiarlo en su camino hacia el éxito.

Finanzas

La alineación de Venus con Saturno el 21 de marzo sugiere la necesidad de practicidad y disciplina cuando se trata de sus asuntos financieros. Es un momento oportuno para reevaluar su presupuesto, priorizar sus gastos y considerar objetivos financieros a largo plazo.

El aspecto de Venus en cuadratura con Urano el 3 de marzo puede presentar algunos gastos inesperados o fluctuaciones financieras. Esté preparado para adaptarse y hacer los ajustes necesarios para mantener la estabilidad financiera. Evite los gastos impulsivos y concéntrese en construir una base sólida para su futura seguridad financiera.

La conjunción de Mercurio con Neptuno el 8 de marzo te anima a confiar en tu intuición a la hora de tomar decisiones financieras. Preste atención a las señales y mensajes sutiles que lo guían hacia inversiones sabias u oportunidades financieras. Sin embargo, tenga cuidado con posibles estafas o esquemas financieros engañosos. Realice una investigación exhaustiva y busque asesoramiento profesional antes de comprometerse con cualquier empresa financiera importante.

La semicuadratura del Sol con Plutón el 21 de marzo puede traer luchas o conflictos de poder financiero. Es importante mantener la transparencia financiera y evitar involucrarse en prácticas poco éticas. Cíñete a tus principios y evita comprometer tu integridad por ganancias financieras a corto plazo.

El aspecto de Venus en sextil con Júpiter el 24 de marzo trae perspectivas financieras positivas y oportunidades de expansión. Esta alineación favorece las inversiones, asociaciones o colaboraciones que tienen el potencial de crecimiento a largo plazo y abundancia financiera. Considere diversificar sus flujos de ingresos o explorar nuevas vías para generar riqueza.

Salud

La conjunción del Sol con Neptuno el 17 de marzo destaca la conexión entre mente, cuerpo y espíritu. Esta alineación enfatiza la necesidad de equilibrio y armonía en su bienestar general. Presta atención a tus señales intuitivas y escucha los mensajes sutiles que te envía tu cuerpo. Incorpora prácticas como la meditación, el yoga o la atención plena para fomentar la paz interior y la relajación.

La cuadratura de Marte con Urano el 9 de marzo puede traer una oleada de energía e inquietud. Si bien puede ser tentador superar sus límites físicos o participar en actividades de alta intensidad, tenga en cuenta los posibles accidentes o lesiones. Controle su ritmo y canalice su energía en actividades que proporcionen una salida saludable para su dinamismo.

La semicuadratura del Sol con Júpiter el 19 de marzo te anima a encontrar un equilibrio entre la indulgencia y la moderación. Si bien es importante disfrutar de los placeres de la vida, tenga cuidado de no excederse en hábitos o vicios poco saludables. Practique la alimentación consciente, mantenga una dieta balanceada y haga ejercicio regularmente para mantener su cuerpo en condiciones óptimas.

La conjunción de Mercurio con Quirón el 20 de marzo llama la atención sobre la sanación emocional y la autorreflexión. Tómese el tiempo para explorar cualquier herida emocional o trauma que pueda estar afectando su bienestar general. Busque el apoyo de personas de confianza o considere terapia o asesoramiento para abordar cualquier problema subyacente que pueda estar afectando su salud.

El semisextil de Venus con Quirón el 26 de marzo enfatiza la importancia del amor propio y el cuidado personal. Fomente sus relaciones y rodéese de personas positivas y comprensivas que contribuyan a su bienestar general. Participe en actividades que le brinden alegría, relajación y rejuvenecimiento.

Viajar

El sextil del Sol con Júpiter el 1 de marzo trae una energía optimista y expansiva que favorece los viajes con fines educativos o espirituales. Considere destinos que ofrezcan oportunidades para el crecimiento personal, la exploración cultural o el enriquecimiento espiritual. Participar en actividades como retiros, talleres o visitar lugares sagrados puede proporcionar experiencias profundas durante este tiempo.

La conjunción de Mercurio con Neptuno el 8 de marzo aumenta tu imaginación y deseo de escapismo. Es un período ideal para viajes que involucran actividades creativas o artísticas, como asistir a festivales de música, explorar galerías de arte o sumergirse en paisajes naturales que inspiran su creatividad.

La conjunción de Venus con Saturno el 21 de marzo promueve los viajes con un enfoque en la estructura y la responsabilidad. Este puede ser un momento adecuado para viajes de negocios, eventos de networking o conferencias donde puede establecer conexiones valiosas y causar una impresión duradera. Planifique su itinerario de viaje prestando atención a la practicidad y la eficiencia.

El sextil de Marte con True Node el 24 de marzo fomenta experiencias de viaje aventureras y espontáneas. Aproveche las oportunidades que le permitan salir de su zona de confort, participar en actividades físicas o explorar nuevos territorios. Los deportes de aventura, las excursiones de senderismo o la exploración de culturas desconocidas pueden proporcionar una sensación de entusiasmo y crecimiento personal.

El sextil del Sol con Plutón el 21 de marzo trae energía transformadora a sus esfuerzos de viaje. Considere destinos con significado histórico o lugares que tengan un profundo significado espiritual. Explorar ruinas antiguas, sitios arqueológicos o participar en retiros de autodescubrimiento puede tener un impacto profundo en su crecimiento personal y comprensión del mundo.

Al planificar su viaje, es esencial considerar los aspectos prácticos como el presupuesto, la logística y la seguridad. Investigue minuciosamente los destinos, consulte los avisos de viaje y asegúrese de tener la cobertura de seguro adecuada. Esté abierto a desvíos inesperados o cambios en los planes, ya que pueden conducir a experiencias inesperadas y memorables.

Visión de las estrellas

Abraza el poder de tu perspectiva única. Posees una mente visionaria y una habilidad innata para ver más allá de lo ordinario. Confía en tu intuición y sigue tus instintos cuando tomes decisiones importantes.

Mejores días del mes: 1, 7, 12, 18, 21, 24 y 28 de marzo.

Abril 2024

Horóscopo

En abril de 2024, Acuario, puedes esperar un mes dinámico y transformador lleno de oportunidades para el crecimiento personal y cambios positivos. Las energías celestiales se alinean para traer emoción y posibles avances en varios aspectos de su vida. Es un momento para la autoexpresión, la exploración y la toma de riesgos calculados. Prepárese para un mes de innovación, conexiones sociales e introspección.

El mes comienza con Mercurio formando un semisextil con Venus el 2 de abril. Esta alineación aporta armonía y facilidad a sus habilidades de comunicación, mejorando su capacidad para expresarse con claridad y compasión. Es un buen momento para tener conversaciones importantes o negociar acuerdos.

A medida que el Sol esté en semisextil con Saturno más tarde ese día, es posible que sienta un sentido de responsabilidad y disciplina que guíe sus acciones. Usa esta energía para concentrarte en tus objetivos a largo plazo y lograr un progreso constante en tus esfuerzos personales y profesionales. La combinación de las energías de Aries y Piscis aporta una mezcla de asertividad e intuición a tu proceso de toma de decisiones.

El 3 de abril, el Sol forma un quintil con Plutón, brindando oportunidades para la transformación y el empoderamiento personal. Puede experimentar una profundización de la autoconciencia y el deseo de liberarse de viejos patrones que ya no le sirven. Este aspecto lo alienta a abrazar su poder personal y hacer cambios positivos en su vida.

Marte también forma un quintil con Urano en el mismo día, infundiendo originalidad y espontaneidad a tus acciones. Este aspecto estimula su deseo de libertad e independencia, incitándolo a explorar nuevas formas de abordar tareas y desafíos. Abraza tus ideas únicas y abraza a tu rebelde interior.

Venus se une a Neptuno el 3 de abril, creando una energía soñadora y romántica en tus relaciones. Este aspecto potencia tu sensibilidad y compasión, por lo que es un momento ideal para profundizar las conexiones emocionales y expresar tus sentimientos. Tenga cuidado, sin embargo, de no perderse en ilusiones o volverse demasiado idealista.

La conjunción del Sol con el Nodo Verdadero el 4 de abril significa un punto de inflexión significativo en el camino de su vida. Es un momento para alinearte con tu verdadero propósito y aprovechar las oportunidades que se te presenten. Presta atención a las sincronicidades y los empujones intuitivos, ya que pueden guiarte hacia tu destino.

Amar

Con Venus y Neptuno uniendo fuerzas en Piscis el 3 de abril, tu vida amorosa se infunde con una energía soñadora y compasiva. Esta alineación aumenta tu intuición y abre la puerta a conexiones emocionales profundas.

Si está en una relación, este es un momento de mayor sensibilidad y comprensión entre usted y su pareja. Es posible que se encuentren involucrados en conversaciones profundas, explorando sus esperanzas, sueños y vulnerabilidades. Esta alineación lo alienta a expresar su amor de manera imaginativa y romántica, creando un vínculo más profundo entre usted y su pareja.

Para los acuarianos solteros, la conjunción Venus-Neptuno presenta oportunidades para conexiones nuevas y emocionantes. Es posible que te atraigan las personas que emanan un aire de misterio o que poseen cualidades artísticas y espirituales. Sin embargo, es importante mantener un equilibrio entre la fantasía y la realidad para evitar idealizar a las posibles parejas. Mantén la mente abierta y confía en tu intuición para guiarte hacia conexiones significativas.

A medida que avanza abril, la conjunción del Sol con Mercurio el 11 de abril amplifica la comunicación y la conexión intelectual en sus relaciones. Esta alineación fomenta conversaciones sinceras, donde usted y su pareja pueden expresar sus deseos e inquietudes más profundos. Es un momento maravilloso para expresar amor a través de palabras, ya sea a través de cartas sinceras, poesía o conversaciones interesantes.

Sin embargo, tenga en cuenta que la cuadratura del Sol con Plutón el 21 de abril puede traer dinámicas de poder o emociones intensas a la superficie. Este aspecto puede desencadenar transformaciones profundas dentro de las relaciones, descubriendo problemas ocultos que deben abordarse. Aprovecha esta oportunidad para enfrentar cualquier bagaje emocional y fomentar dinámicas más sanas en tu vida amorosa.

Carrera

La semicuadratura entre Mercurio y Marte el 6 de abril puede crear algunos desafíos menores en la comunicación y la colaboración. Es crucial ser paciente y diplomático al tratar con colegas o superiores. Evite precipitarse en los conflictos y, en su lugar, concéntrese en encontrar un terreno común y un compromiso.

El 8 de abril, el semisextil del Sol con Júpiter trae un impulso de optimismo y energía expansiva a tus actividades profesionales. Esta alineación favorece la toma de riesgos calculados, la exploración de nuevas oportunidades y la ampliación de su red profesional. Aproveche las oportunidades de crecimiento y muestre sus ideas y talentos innovadores.

La conjunción del Sol con Quirón el 8 de abril destaca el potencial de sanación y crecimiento personal dentro de su carrera. Esta alineación puede traerte heridas pasadas o inseguridades relacionadas con tu vida profesional. Use este tiempo para abordar cualquier creencia autolimitante y aprovechar sus habilidades y fortalezas únicas. La autorreflexión y la autocompasión conducirán a una mayor confianza y éxito.

A medida que avanza abril, la conjunción del Sol con Mercurio el 11 de abril mejora sus habilidades de comunicación y destreza intelectual. Esta alineación admite negociaciones, presentaciones y proyectos colaborativos. Su capacidad para articular ideas y participar en debates productivos será fundamental para avanzar en su carrera.

La conjunción Marte-Saturno del 10 de abril te recuerda que debes concentrarte en la disciplina y la perseverancia. Es un momento para la planificación estratégica, la atención a los detalles y el esfuerzo constante. El trabajo duro y la determinación darán sus frutos, permitiéndote superar obstáculos y alcanzar tus objetivos profesionales.

Finanzas

La conjunción de Venus y Neptuno en Piscis el 3 de abril puede inspirar cierto idealismo financiero. Puede sentirse tentado a realizar compras impulsivas o invertir en empresas especulativas. Si bien es importante satisfacer su lado creativo e imaginativo, tenga cuidado y evite tomar decisiones financieras apresuradas. Tómese el tiempo para evaluar las consecuencias a largo plazo antes de comprometer sus recursos.

El semisextil del Sol con Júpiter el 8 de abril trae una energía positiva a tu sector financiero. Esta alineación significa crecimiento potencial y expansión en sus flujos de ingresos. Puede recibir oportunidades inesperadas para aumentar las ganancias o encontrar formas de maximizar sus recursos existentes. Es un momento ideal para explorar nuevas vías para la estabilidad financiera y buscar asesoramiento profesional si es necesario.

La semicuadratura entre Venus y Júpiter el 10 de abril te recuerda que debes lograr un equilibrio entre tus deseos y responsabilidades financieras. Evita gastar en exceso o correr riesgos innecesarios con tu dinero. Es crucial mantener un enfoque práctico y tomar decisiones informadas que se alineen con sus objetivos financieros a largo plazo.

La semicuadratura del Sol con Saturno el 20 de abril enfatiza la importancia de la disciplina y la planificación financiera. Este aspecto sirve como un recordatorio para ceñirse a su presupuesto, priorizar el ahorro y evitar las compras impulsivas. Tenga una visión realista de su situación financiera y tome decisiones estratégicas que respalden su seguridad financiera a largo plazo.

Salud

La semicuadratura entre Mercurio y Marte el 6 de abril puede traer un ligero aumento del estrés mental y físico. Tome nota de cualquier signo de tensión o fatiga y asegúrese de incorporar técnicas de relajación en su rutina diaria. Practique ejercicios de respiración profunda, meditación o participe en actividades que lo ayuden a relajarse y liberar la tensión.

El 13 de abril, el semisextil de Mercurio con Urano lo alienta a buscar estimulación mental y participar en actividades que desafíen su intelecto. Esta alineación apoya la agilidad mental y las habilidades para resolver problemas. Considere explorar nuevos pasatiempos, oportunidades de aprendizaje o participar en conversaciones estimulantes para mantener su mente aguda y llena de energía.

La semicuadratura Marte-Plutón del 13 de abril te recuerda que debes tener en cuenta las luchas de poder y el impacto del estrés en tu bienestar físico. Tome descansos cuando sea necesario, practique técnicas de manejo del estrés y priorice un sueño reparador. Fomentar un estilo de vida equilibrado y límites saludables contribuirá a su salud en general.

La conjunción del Sol con Mercurio el 11 de abril mejora tus habilidades de comunicación, lo que puede tener un impacto positivo en tu bienestar mental y emocional. Expresar sus pensamientos y sentimientos abiertamente, ya sea a través de un diario, medios creativos o interactuando con sus seres queridos, puede ser terapéutico y de apoyo para su salud mental.

Es esencial mantener un enfoque equilibrado de su salud física. Presta atención a tus hábitos alimentarios, asegurándote una dieta completa y nutritiva. Incorpore ejercicio regular a su rutina, eligiendo actividades que disfrute y que promuevan tanto la fuerza como la flexibilidad.

Escuche las necesidades de su cuerpo y aborde cualquier problema de salud menor de inmediato. Sea proactivo al programar chequeos de rutina y buscar consejo médico si es necesario. Adoptar un enfoque preventivo de su salud contribuirá a su bienestar a largo plazo.

Viajar

La conjunción Venus-Neptuno del 3 de abril infunde a tus planes de viaje una sensación de aventura y romance. Es posible que te atraigan los destinos que tienen un atractivo místico o artístico. Considere explorar pueblos costeros, balnearios o ciudades conocidas por su herencia artística y cultural. Abraza la belleza de un nuevo entorno y déjate inspirar por las experiencias únicas que encuentres.

El semisextil del Sol con Júpiter el 8 de abril agrega un toque de suerte y abundancia a sus esfuerzos de viaje. Esta alineación favorece la planificación de viajes que ofrezcan tanto crecimiento personal como disfrute. Puede encontrar oportunidades para conectarse con personas de ideas afines o participar en actividades grupales que enriquecen sus experiencias de viaje. Aproveche los momentos espontáneos y esté abierto a encuentros inesperados que mejoren su viaje.

Si está planeando un viaje internacional, tenga en cuenta las restricciones de viaje o las consideraciones logísticas debido a circunstancias externas.

Manténgase actualizado sobre los avisos de viaje y siga las pautas de seguridad para garantizar un viaje tranquilo y seguro. La flexibilidad y la adaptabilidad serán clave para navegar por cualquier cambio o desafío imprevisto que pueda surgir.

Si los viajes de larga distancia no son factibles durante este tiempo, considere explorar destinos locales o embarcarse en excursiones de un día a lugares de interés cercanos. Aproveche la oportunidad de descubrir gemas ocultas en su propio patio trasero y aprecie la belleza y la diversidad de su entorno local.

Visión de las estrellas

Acuario, las estrellas tienen un mensaje especial para ti en abril de 2024. Acepta tus peculiaridades y excentricidades únicas, porque son las que te hacen brillar. No tenga miedo de pensar fuera de la caja y desafiar el status quo. Abraza tu espíritu rebelde y deja que te guíe hacia soluciones innovadoras e ideas rompedoras.

Mejores días del mes: 3, 8, 11, 13, 19, 21 y 28 de abril.

Mayo 2024

Horóscopo

A medida que comienza el mes, Venus cuadra con Plutón el 1 de mayo, lo que indica un cambio potencial en sus relaciones y dinámica financiera. Este aspecto puede traer emociones intensas y luchas de poder al frente. Es esencial mantener una comunicación abierta y honesta, estableciendo límites y respetando los límites de los demás. Tenga en cuenta cualquier agenda oculta o comportamiento manipulador, y luche por la autenticidad y el equilibrio en sus conexiones.

El 6 de mayo, la semicuadratura de Saturno con Plutón enfatiza la necesidad de disciplina y planificación cuidadosa en sus esfuerzos. Esta alineación le recuerda evaluar sus objetivos a largo plazo y tomar decisiones estratégicas que se alineen con su visión para el futuro. Evite sentirse abrumado por presiones externas y concéntrese en crear bases sólidas para su éxito.

La conjunción de Mercurio con Quirón el 6 de mayo brinda oportunidades para la sanación emocional y la autorreflexión. Esta alineación lo alienta a confrontar y sanar cualquier herida pasada o creencia limitante que pueda estar obstaculizando su crecimiento personal. Acepte la vulnerabilidad y busque el apoyo de amigos o profesionales de confianza si es necesario. Este trabajo introspectivo allanará el camino para una mayor autoaceptación y empoderamiento.

A medida que avanza mayo, el sextil del Sol con Saturno el 7 de mayo mejora su disciplina y ética de trabajo. Este aspecto respalda sus esfuerzos profesionales, lo que le permite hacer un progreso constante hacia sus objetivos profesionales. Adopte la estructura y priorice sus responsabilidades para maximizar su productividad y lograr el éxito a largo plazo.

La conjunción del Sol con Urano el 13 de mayo marca el comienzo de una energía de entusiasmo e innovación. Esta alineación estimula su deseo de libertad e independencia, instándolo a adoptar sus ideas y enfoques únicos. Es un momento para pensar fuera de la caja, tomar riesgos y aceptar el cambio. Confía en tu intuición y deja que florezca tu creatividad.

Hacia el final del mes, el trígono del Sol con Plutón el 22 de mayo te empodera para transformar y trascender las limitaciones. Este aspecto aporta conocimientos profundos y la capacidad de aprovechar su poder personal. Usa esta energía para liberarte de viejos patrones, abrazar tus fortalezas y perseguir tus pasiones con renovado vigor.

Amar

La cuadratura entre Venus y Plutón el 1 de mayo puede traer intensidad y luchas de poder en sus interacciones románticas. Es importante abordar estas situaciones con una comunicación abierta y honesta, estableciendo límites saludables y abordando cualquier problema subyacente. Este aspecto lo alienta a profundizar en las profundidades de sus relaciones, descubriendo dinámicas ocultas y trabajando hacia la transformación y la curación.

El 10 de mayo, Venus está en semicuadratura con Neptuno, agregando un toque de idealismo y romance a tu vida amorosa. Es posible que anhele una conexión profunda con el alma o se entregue a fantasías románticas. Sin embargo, es crucial mantener un equilibrio entre el idealismo y la realidad. Mantenga sus expectativas a tierra y comuníquese abiertamente con su pareja para garantizar una conexión sana y auténtica.

A medida que avanza mayo, la conjunción del Sol con Urano el 13 de mayo genera una sensación de entusiasmo y espontaneidad en su vida amorosa. Esta alineación lo alienta a abrazar su individualidad y expresar sus deseos e intereses únicos. Es un momento para liberarse de la rutina y explorar nuevas formas de conectarse con su pareja. Adopte ideas no convencionales y permita que su relación evolucione y crezca.

El trígono del Sol con Plutón el 22 de mayo profundiza la intensidad y la energía transformadora en tu vida amorosa. Este aspecto lo alienta a enfrentar cualquier barrera emocional y dejar de lado los patrones que ya no le sirven. Al aceptar la vulnerabilidad y estar abierto al cambio, puede experimentar un crecimiento profundo y un sentido renovado de pasión en sus relaciones.

Para los Acuario solteros, mayo ofrece oportunidades para conocer a alguien con quien compartes una profunda conexión del alma. Participa en eventos sociales, únete a nuevas comunidades y permítete estar abierto a encuentros inesperados. Confía en tu intuición cuando se trata de parejas potenciales y no tengas miedo de arriesgarte en el amor.

Carrera

El sextil del Sol con Saturno el 7 de mayo mejora su disciplina y ética de trabajo. Esta alineación lo alienta a mantenerse enfocado y comprometido con sus objetivos. Al priorizar sus responsabilidades y adoptar la estructura, puede lograr un progreso constante y lograr resultados tangibles. Utilice este tiempo para establecer una base sólida para su éxito profesional.

El 13 de mayo, la conjunción del Sol con Urano enciende tu espíritu emprendedor y deseo de innovación. Este aspecto lo alienta a pensar fuera de la caja, aceptar el cambio y perseguir sus ideas no convencionales. Confíe en su intuición y no tenga miedo de tomar riesgos calculados en los esfuerzos de su carrera. Su enfoque único y su voluntad de adoptar nuevas tecnologías o estrategias pueden conducir a avances y reconocimiento.

El trígono entre el Sol y Plutón el 22 de mayo te permite aprovechar tu poder personal y transformar tu vida profesional. Este aspecto aporta conocimientos profundos y la capacidad de superar las limitaciones. Aprovecha tus fortalezas y aprovéchalas para tener un impacto positivo. Utilice esta energía transformadora para liberar viejos patrones, asumir roles de liderazgo o iniciar proyectos importantes.

A lo largo de mayo, es esencial fomentar una comunicación eficaz y construir relaciones profesionales sólidas. Pueden surgir oportunidades para establecer contactos y las colaboraciones pueden conducir a resultados fructíferos. Adopte el trabajo en equipo y la colaboración al mismo tiempo que muestra sus habilidades y contribuciones individuales.

Para aquellos que buscan avanzar en su carrera o están considerando un cambio de carrera, mayo ofrece energías favorables. Esté abierto a nuevas oportunidades, explore vías alineadas con sus pasiones e intereses, y sea proactivo en la búsqueda de oportunidades de crecimiento y desarrollo . Confíe en sus instintos y deje que su auténtico yo brille en las interacciones profesionales.

Finanzas

La cuadratura entre Venus y Plutón el 1 de mayo puede traer desafíos financieros y dinámicas de poder. Es importante ser cauteloso y evitar gastos impulsivos o decisiones financieras arriesgadas durante este tiempo. Concéntrese en mantener un enfoque equilibrado y ceñirse a su presupuesto. Eche un vistazo más de cerca a sus relaciones financieras y asegúrese de que se alineen con sus valores y objetivos a largo plazo.

El 10 de mayo, Venus está en semicuadratura con Neptuno, destacando la importancia de la claridad y la practicidad en asuntos financieros. Tenga cuidado con las ilusiones potenciales o las expectativas poco realistas cuando se trata de inversiones o empresas financieras. Adopte un enfoque mesurado, realice una investigación exhaustiva y busque asesoramiento profesional si es necesario. Mantener una perspectiva realista lo ayudará a tomar decisiones informadas y proteger sus intereses financieros.

A medida que avanza mayo, la conjunción del Sol con Urano el 13 de mayo trae oportunidades financieras inesperadas y un deseo de independencia financiera. Adopte sus ideas innovadoras y piense fuera de la caja cuando se trata de sus actividades financieras. Explore nuevas vías para la generación de ingresos y esté abierto a métodos no tradicionales de crecimiento financiero. Sin embargo, asegúrese de evaluar los riesgos y las recompensas antes de dar cualquier salto financiero importante.

El trígono entre el Sol y Plutón el 22 de mayo mejora tu perspicacia financiera y te empodera para tomar decisiones transformadoras. Este aspecto lo alienta a revisar sus estrategias financieras y hacer los ajustes necesarios. Considere inversiones a largo plazo, planes de ahorro o estrategias que se alineen con sus objetivos de estabilidad financiera y crecimiento. Busque asesoramiento profesional si es necesario para maximizar su potencial financiero.

A lo largo de mayo, es importante mantener un enfoque práctico de sus finanzas. Cíñete a tu presupuesto, prioriza el ahorro y evita gastos innecesarios. Revise periódicamente su situación financiera, realice un seguimiento de sus gastos e identifique las áreas en las que puede reducir u optimizar sus recursos.

Adopte una mentalidad de abundancia y gratitud por las bendiciones financieras en su vida. Practique hábitos financieros responsables, cultive una relación saludable con el dinero y esté abierto a oportunidades de crecimiento y prosperidad.

Salud

La semicuadratura del Sol con Neptuno el 3 de mayo te recuerda que debes prestar atención a tu bienestar emocional. Es importante abordar cualquier sentimiento de agobio o estrés. Participe en actividades que promuevan la relajación y la paz interior, como la meditación, el yoga o pasar tiempo en la naturaleza. Tomar descansos y crear límites contribuirá a su salud mental y emocional en general.

El 13 de mayo, la conjunción del Sol con Urano despierta un deseo de espontaneidad y libertad. Adopte actividades físicas que se alineen con su individualidad y le brinden alegría. Considere probar nuevas rutinas de ejercicios o aventuras al aire libre que brinden una sensación de emoción y vigor. Esté abierto a explorar enfoques innovadores para el ejercicio y el bienestar.

El trígono del Sol con Plutón el 22 de mayo te permite adoptar cambios transformadores en tus hábitos de salud. Este aspecto lo alienta a liberarse de viejos patrones y adoptar opciones de estilo de vida más saludables. Es un momento propicio para concentrarse en nutrir su cuerpo con alimentos nutritivos, mantenerse hidratado y dormir lo suficiente. Considere incorporar actividades para reducir el estrés, como la meditación o escribir un diario, en su rutina diaria.

A lo largo de mayo, tenga en cuenta sus niveles de energía y evite el esfuerzo excesivo. Escuche las necesidades de su cuerpo y haga del cuidado personal una prioridad. Encuentra un equilibrio entre el trabajo y la relajación para evitar el agotamiento. Si experimenta alguna molestia física o problemas de salud, busque asesoramiento profesional y trátelos de inmediato.

Recuerda que el autocuidado se extiende más allá de la salud física. Fomente su bienestar emocional fomentando relaciones saludables, estableciendo límites y participando en actividades que le brinden alegría y satisfacción. Cultiva una mentalidad positiva, practica la gratitud y aprovecha los momentos de autorreflexión.

Viajar

El 13 de mayo, la conjunción del Sol con Urano enciende un sentido de aventura y espontaneidad en tus planes de viaje. Esta alineación lo alienta a adoptar destinos únicos y experiencias no convencionales. Considere explorar lugares fuera de lo común o participar en actividades que superen sus límites y enciendan su sentido de descubrimiento.

El trígono entre el Sol y Plutón el 22 de mayo agrega profundidad y energía transformadora a sus experiencias de viaje. Este aspecto te invita a explorar destinos que tienen un profundo impacto en tu crecimiento y transformación personal. Ya sea que se trate de un retiro espiritual, una aventura llena de naturaleza o sumergirse en una cultura diferente, aproveche las oportunidades para la exploración y expansión internas.

A lo largo de mayo, tenga en cuenta las restricciones de viaje o las consideraciones logísticas debido a circunstancias externas. Manténgase actualizado sobre los avisos de viaje y siga las pautas de seguridad para garantizar un viaje tranquilo y seguro. Si los viajes de larga distancia no son factibles, considere explorar destinos locales o participar en excursiones de un día a lugares de interés cercanos. Puede haber gemas ocultas y experiencias significativas esperando ser descubiertas en su propio patio trasero.

Al embarcarse en sus viajes, recuerde priorizar el cuidado personal y el bienestar. Tome descansos cuando sea necesario, manténgase hidratado y sea consciente de mantener un equilibrio saludable entre la exploración y la relajación. Participa en actividades que te brinden alegría y te permitan rejuvenecer, ya sea disfrutando de la cocina local, practicando la atención plena en la naturaleza o sumergiéndote en experiencias culturales.

Visión de las estrellas

Acepta lo inesperado y confía en tu intuición. El camino de la sabiduría radica en estar abierto al cambio, incluso si desafía tu zona de confort. Abraza las cualidades únicas que te hacen ser quien eres y déjalas brillar intensamente.

Mejores días del mes: 13, 16, 18, 22, 23, 25 y 30 de mayo.

Junio 2024

Horóscopo

Con Marte en Aries en semisextil con Urano en Tauro el 1 de junio, estás infundido con una explosión de energía y entusiasmo. Esta combinación te permite dar pasos audaces para manifestar tus deseos y liberarte de cualquier limitación. Utilice este impulso energético para perseguir sus pasiones y afirmar su individualidad.

El quintil del Sol con Neptuno el 1 de junio mejora tus habilidades intuitivas y despierta la creatividad. Abraza tu lado artístico y participa en actividades que te permitan expresarte libremente. Confía en tus instintos y presta atención a los mensajes sutiles del universo.

El sextil de Mercurio con Neptuno el 2 de junio profundiza tu imaginación y aumenta tus habilidades de comunicación. Este aspecto fomenta conversaciones significativas y compasivas. Busque conexión y comprensión en sus interacciones con los demás.

A medida que avanza el mes, la conjunción del Sol con Venus el 4 de junio trae energía armoniosa y amorosa a tu vida. Esta alineación mejora sus relaciones, fomentando conexiones profundas y vínculos emocionales. Es un momento para expresar tus afectos y apreciar la belleza que te rodea.

El 8 de junio trae una cuadratura entre Venus y Saturno, desafiando tus relaciones y asuntos financieros. Es importante abordar estas áreas con paciencia, madurez y disposición para superar cualquier obstáculo. Busque soluciones prácticas y comuníquese abiertamente para encontrar resolución y estabilidad.

La cuadratura del Sol con Saturno el 9 de junio puede traer contratiempos o responsabilidades temporales. Manténgase enfocado y resistente, sabiendo que el trabajo duro y la perseverancia conducirán al éxito a largo plazo. Mantenga una mentalidad positiva y confíe en sus habilidades para superar cualquier desafío.

El 19 de junio, el quintil de Mercurio con Quirón te invita a abrazar a tu sanador interior. Usa tus palabras e intelecto para inspirar y animar a otros. Tus conocimientos y sabiduría tienen el poder de traer sanación y transformación a quienes te rodean.

Amar

Con la conjunción del Sol con Venus el 4 de junio, una ola de amor y armonía inundará tus esfuerzos románticos. Esta alineación aumenta tu magnetismo y aporta un mayor sentido de aprecio y afecto a tus relaciones. Es un momento maravilloso para expresar su amor, colmar de afecto a su pareja y crear momentos de belleza y romance juntos.

La cuadratura entre Venus y Saturno el 8 de junio puede presentar algunos desafíos en tu vida amorosa. Podría traer problemas de compromiso, responsabilidad u objetivos a largo plazo. Es esencial comunicarse abierta y honestamente con su pareja, abordando cualquier inquietud o temor que pueda surgir. La paciencia, la comprensión y la voluntad de superar las dificultades fortalecerán su vínculo.

El 11 de junio tiene lugar el sextil entre Venus y Quirón, que ofrece oportunidades para la sanación emocional y el crecimiento en sus relaciones. Este aspecto fomenta la vulnerabilidad y la comunicación auténtica, lo que permite conexiones emocionales más profundas y la resolución de heridas pasadas. Tómese el tiempo para escuchar y apoyar a su pareja, fomentando un ambiente de confianza y comprensión.

A medida que avanza junio, la cuadratura del Sol con Neptuno el 20 de junio puede traer cierta confusión o ilusiones en asuntos del corazón. Es importante mantener la claridad y establecer límites saludables para evitar malentendidos. Confíe en su intuición y busque una comunicación honesta para navegar estas complejidades.

El 26 de junio, Venus cuadra el Nodo Verdadero, trayendo una necesidad de crecimiento y evolución en tu vida amorosa. Aproveche las oportunidades de transformación y expansión, incluso si requiere salir de su zona de confort. Este aspecto puede conducir a cambios emocionantes y nuevas conexiones que se alineen con su crecimiento personal.

A lo largo de junio, es fundamental cultivar el amor propio y el cuidado personal. Acepta tu individualidad y honra tus propias necesidades y deseos. Cuando te nutres, aportas una sensación de plenitud y satisfacción a tus relaciones.

Carrera

Con la conjunción del Sol con Venus el 4 de junio, su encanto, carisma y energía creativa brillan intensamente en el lugar de trabajo. Esta alineación mejora su capacidad para colaborar eficazmente con los demás y fomenta las relaciones armoniosas con los colegas. Aproveche esta oportunidad para mostrar sus talentos y compartir ideas innovadoras que pueden elevar su posición profesional.

El 8 de junio, la cuadratura entre Venus y Saturno puede presentar algunos desafíos en su carrera profesional. Puede encontrar obstáculos o enfrentar limitaciones que requieren paciencia y perseverancia. Aproveche este tiempo para reevaluar sus objetivos a largo plazo, refinar sus estrategias y concentrarse en construir una base sólida para el éxito. Adopte una ética de trabajo disciplinada y permanezca dedicado a sus aspiraciones profesionales.

La cuadratura del Sol con Saturno el 9 de junio enfatiza aún más la necesidad de disciplina y compromiso en su carrera. Puede traer contratiempos temporales o responsabilidades que pongan a prueba su determinación. Manténgase enfocado en sus objetivos y mantenga una mentalidad positiva. Su perseverancia y determinación allanarán el camino para el éxito a largo plazo.

A medida que avanza junio, la cuadratura del Sol con Neptuno el 20 de junio te invita a ser cauteloso con las ilusiones o situaciones poco claras en tu vida profesional. Preste atención a los detalles y busque claridad en sus esfuerzos relacionados con el trabajo. Confíe en su intuición y confíe en sus habilidades analíticas para navegar a través de cualquier desafío que surja.

El 28 de junio trae la cuadratura de Mercurio con Quirón, presentando una oportunidad de sanación y crecimiento en tu carrera. Este aspecto puede traer heridas pasadas o inseguridades que necesitan ser abordadas. Usa este tiempo para la introspección y la autorreflexión, permitiéndote sanar y liberarte de cualquier creencia autolimitante que pueda obstaculizar tu progreso.

A lo largo de junio, manténgase proactivo en la búsqueda de oportunidades de desarrollo profesional. Adopte nuevas tecnologías, amplíe su conjunto de habilidades y manténgase actualizado sobre las tendencias de la industria. Su voluntad de adaptarse y aprender contribuirá a su crecimiento y le abrirá las puertas a posibilidades emocionantes.

Finanzas

La cuadratura entre Venus y Saturno el 8 de junio puede traer algunos desafíos y limitaciones a sus finanzas. Es esencial que tenga cuidado con sus hábitos de gasto y adopte un enfoque disciplinado para la elaboración de presupuestos. Busque formas de reducir los gastos innecesarios y priorice los objetivos financieros a largo plazo.

El 11 de junio, el sextil entre Venus y Quirón brinda oportunidades de sanación y transformación en tu mentalidad financiera. Este aspecto lo invita a abordar cualquier temor o inseguridad subyacente en torno al dinero. Adopte una mentalidad orientada al crecimiento y busque orientación o educación para ampliar su conocimiento financiero.

A medida que avanza el mes, la cuadratura del Sol con Neptuno el 20 de junio puede traer algunas incertidumbres financieras o ilusiones. Esté atento en las transacciones financieras y evite tomar decisiones impulsivas. Confíe en su intuición y busque asesoramiento profesional si es necesario para garantizar la claridad y la estabilidad financiera.

El 26 de junio trae a Venus en cuadratura con el Nodo Verdadero, lo que indica la necesidad de crecimiento y evolución en sus actividades financieras. Este aspecto puede presentar oportunidades para diversificar sus fuentes de ingresos o explorar nuevas vías de inversión. Mantenga la mente abierta y esté dispuesto a adaptarse a las circunstancias cambiantes.

A lo largo de junio, es fundamental mantener un enfoque equilibrado de sus finanzas. Concéntrese en construir una base financiera sólida ahorrando, invirtiendo sabiamente y planificando para el futuro . Busque oportunidades para aumentar sus ingresos a través de flujos adicionales o ideas innovadoras.

Salud

Con la cuadratura del Sol con Saturno el 9 de junio, es esencial prestar atención a cualquier posible fatiga física o mental. Este aspecto puede traer desafíos temporales que requieren descanso y rejuvenecimiento. Escuche las señales de su cuerpo y asegúrese de dormir lo suficiente, nutrirse con alimentos nutritivos y hacer ejercicio con regularidad.

El 11 de junio, el sextil entre Venus y Quirón presenta una oportunidad para la sanación emocional y el autocuidado. Tómese el tiempo para abordar cualquier herida emocional o factor estresante que pueda estar afectando su bienestar general. Participe en actividades que le brinden alegría, practique la autocompasión y busque el apoyo de sus seres queridos o profesionales si es necesario.

La cuadratura del Sol con Neptuno el 20 de junio puede traer algo de niebla emocional o mental. Es importante priorizar la claridad y mantener límites saludables. Practique la atención plena y participe en actividades que promuevan la relajación y la reducción del estrés, como la meditación o pasar tiempo en la naturaleza.

A lo largo de junio, concéntrese en encontrar un equilibrio entre el trabajo, el descanso y el juego. Evite el esfuerzo excesivo y dése permiso para tomar descansos cuando sea necesario. Incorpore técnicas de manejo del estrés en su rutina diaria, como ejercicios de respiración profunda o pasatiempos que le brinden alegría.

El 26 de junio, Venus cuadra el Nodo Verdadero, enfatizando la necesidad de amor propio y cuidado propio. Presta atención a tu bienestar emocional y practica la autocompasión. Participe en actividades que nutran su alma, ya sea a través de la expresión creativa, conectándose con sus seres queridos o disfrutando de rituales de cuidado personal.

Viajar

La cuadratura entre Venus y Saturno el 8 de junio puede presentar algunos desafíos o retrasos en sus planes de viaje. Es importante mantenerse flexible y adaptable, ya que pueden surgir circunstancias inesperadas. Tenga planes de contingencia y mantenga una mentalidad positiva, aceptando cualquier cambio como una oportunidad de crecimiento y nuevas experiencias.

El 11 de junio, el sextil entre Venus y Quirón infunde en tus viajes oportunidades para la curación emocional y el crecimiento personal. Mientras explora nuevos lugares y culturas, esté abierto a conectarse con las comunidades locales y sumergirse en sus tradiciones. Participe en actividades que amplíen su comprensión de diferentes perspectivas y permitan la transformación personal.

A medida que avanza el mes, la cuadratura del Sol con Neptuno el 20 de junio le recuerda que debe permanecer atento a los detalles de sus arreglos de viaje. Asegúrese de tener todos los documentos necesarios, haga copias de seguridad de la información importante y manténgase alerta contra posibles estafas o errores de comunicación. Confía en tu intuición y busca claridad si algo parece poco claro.

A lo largo de junio, permítase abrazar la espontaneidad y la libertad que brinda viajar. Participe en actividades que se alineen con su espíritu aventurero, ya sea explorando la naturaleza, probando la cocina local o participando en experiencias emocionantes. Abraza lo desconocido y sal de tu zona de confort, ya que estas experiencias tienen el potencial de ampliar tus perspectivas y crear recuerdos duraderos.

El 26 de junio trae la cuadratura entre Venus y el Nodo Verdadero, lo que indica el potencial de encuentros fortuitos y conexiones durante sus viajes. Aproveche estas oportunidades para conocer gente nueva y ampliar su red. Participar en conversaciones significativas y estar abierto a aprender de las experiencias de los demás.

Visión de las estrellas

Abraza la risa y no te tomes la vida demasiado en serio. Permita que su niño interior juegue y encuentre alegría en los placeres simples. Abraza la magia del universo y confía en que tiene increíbles sorpresas para ti.

Mejores días del mes: 4, 9, 14, 20, 24, 26 y 29 de junio.

Julio 2024

Horóscopo

Julio de 2024 trae una combinación de oportunidades para Acuario. Con Júpiter en Géminis en semicuadratura con Quirón, puedes experimentar un mayor sentido de introspección y un deseo de sanar heridas pasadas. Esta introspección puede conducir a avances y crecimiento personal. La semicuadratura del Sol con Urano el 1 de julio puede traer cambios o interrupciones inesperados, lo que lo insta a adoptar la flexibilidad y la adaptabilidad.

El trígono de Mercurio con Neptuno el 2 de julio mejora tus habilidades intuitivas y creativas, lo que lo convierte en un excelente momento para las actividades artísticas y la exploración espiritual. Sin embargo, tenga en cuenta la oposición de Mercurio con Plutón el 3 de julio, ya que puede generar conversaciones intensas o luchas de poder. Practique la diplomacia y mantenga la mente abierta durante este tiempo.

La cuadratura del Sol con el Nodo Verdadero el 2 de julio te invita a reflexionar sobre tus relaciones y conexiones con los demás. Este aspecto lo alienta a alinear su crecimiento personal con el viaje colectivo, fomentando conexiones y colaboraciones significativas.

Amar

En asuntos del corazón, Acuario, julio de 2024 trae una mezcla de profundidad emocional y posibilidades románticas. Venus en trígono a Saturno el 2 de julio fomenta la estabilidad y el compromiso en las relaciones. Es un momento propicio para fortalecer los lazos con tu pareja a través de la comunicación abierta y las responsabilidades compartidas.

Sin embargo, la cuadratura de Venus con Quirón el 6 de julio puede traer algunas vulnerabilidades emocionales y heridas pasadas en las relaciones. Aproveche esta oportunidad para abordar cualquier problema no resuelto, buscar la curación y profundizar la conexión con su ser querido.

Carrera

Julio de 2024 presenta oportunidades emocionantes para el avance profesional y el crecimiento profesional,

Acuario. Mercurio quintil Urano el 7 de julio enciende su pensamiento innovador y trae nuevas ideas a la mesa. Adopte su perspectiva única y explore soluciones creativas a los desafíos en el trabajo.

Venus en sextil con Júpiter el 8 de julio mejora tu encanto y tus habilidades para establecer contactos. Es un excelente momento para expandir sus contactos profesionales, colaborar con personas de ideas afines y buscar nuevas oportunidades para avanzar en su carrera.

Mercurio en sextil con Júpiter el 8 de julio apoya aún más tus habilidades de comunicación y actividades intelectuales. Aproveche este tiempo para participar en debates fructíferos, presentar sus ideas y presentar su trabajo con confianza.

Finanzas

En el ámbito de las finanzas, Acuario, julio de 2024, lo alienta a ser cauteloso y diligente en sus asuntos de dinero. Venus en oposición a Plutón el 12 de julio advierte contra el gasto impulsivo y los riesgos financieros. Eche un vistazo más de cerca a sus decisiones financieras y asegúrese de que se alineen con sus objetivos a largo plazo.

Marte en sextil con Neptuno el 20 de julio trae una combinación armoniosa de acción e intuición. Es un momento favorable para confiar en sus instintos al tomar decisiones financieras. Considere buscar el consejo de profesionales confiables y realizar una investigación exhaustiva antes de realizar inversiones significativas.

Salud

Tu bienestar es de suma importancia en julio de 2024, Acuario. El Sol en cuadratura con Quirón el 15 de julio destaca la necesidad de sanación emocional y cuidado personal. Tómese el tiempo para nutrir su bienestar emocional a través de prácticas como la meditación, escribir un diario o buscar el apoyo de un terapeuta o consejero.

La conjunción Marte-Urano el 15 de julio puede traer una oleada de energía, pero también una necesidad de equilibrio y conexión a tierra. Presta atención a tus límites físicos y evita el sobreesfuerzo. Incorpore actividades como yoga, meditación o caminatas al aire libre para mantener una sensación de equilibrio interior.

Viajar

Julio de 2024 ofrece oportunidades para viajar y explorar, Acuario. El quintil de Júpiter, Neptuno el 18 de julio, trae una sensación de aventura y expande tus horizontes. Considere planificar un viaje a un destino que despierte su curiosidad y le permita conectarse con diferentes culturas y perspectivas.

El Sol en sextil con Urano el 18 de julio fomenta la espontaneidad y la aceptación de nuevas experiencias. Salga de su zona de confort y participe en actividades que lo desafíen e inspiren. Ya sea que se trate de una escapada de fin de semana o de un viaje más extenso, los viajes pueden proporcionar información valiosa y ampliar su visión del mundo.

Visión de las estrellas

Recuerda abrazar el lado espontáneo y lúdico de la vida. El quintil de Venus Marte el 22 de julio lo alienta a disfrutar los placeres del momento presente y dejar que sus pasiones lo guíen.

Mejores días del mes: 1, 8, 15, 18, 20, 22 y 31 de julio.

Agosto 2024

Horóscopo

En agosto de 2024, Acuario, estás entrando en un período transformador e introspectivo. Los aspectos planetarios indican un tiempo de autorreflexión, crecimiento personal y exploración interior. Es una oportunidad para profundizar en tus emociones, sueños y deseos para obtener una mejor comprensión de ti mismo.

Marte sextil True Node el 1 de agosto energiza tus conexiones y colaboraciones. Es un momento favorable para participar en el trabajo en equipo, la creación de redes y las interacciones sociales que se alinean con sus metas y aspiraciones.

Venus quintil Júpiter el 2 de agosto trae una combinación armoniosa de amor, abundancia y optimismo. Esta alineación mejora sus relaciones, fomentando la alegría y la armonía en su vida personal.

El biquintil del Sol con Saturno el 4 de agosto enfatiza la importancia de la disciplina y la estructura para lograr sus objetivos a largo plazo. Use este tiempo para evaluar sus compromisos, establecer límites y hacer planes prácticos para el futuro .

Amar

En asuntos del corazón, Acuario, agosto de 2024, ofrece una mezcla de pasión e introspección. Venus en cuadratura con Urano el 2 de agosto puede traer cambios inesperados o interrupciones en sus relaciones. Es fundamental adoptar la flexibilidad y la comunicación abierta para afrontar cualquier desafío que surja.

El 15 de agosto, Venus biquintil Quirón fomenta la sanación y el crecimiento emocional en tus relaciones. Aproveche esta oportunidad para abordar heridas pasadas, profundizar las conexiones y fomentar un mayor sentido de empatía y comprensión con su pareja.

Carrera

Agosto de 2024 presenta importantes oportunidades de crecimiento profesional y avance profesional, Acuario. Marte en sextil con Neptuno el 6 de agosto mejora tu intuición y creatividad en el lugar de trabajo. Confíe en sus instintos y explore enfoques innovadores para la resolución de problemas y la toma de decisiones.

Mercurio biquintil True Node el 12 de agosto mejora sus habilidades de comunicación y fomenta la colaboración. Esta alineación apoya el trabajo en equipo, la creación de redes efectivas y el intercambio de ideas. Aproveche este tiempo para conectarse con personas influyentes que pueden ayudarlo a alcanzar sus objetivos profesionales.

Finanzas

En el ámbito de las finanzas, Acuario, agosto de 2024, exige un enfoque equilibrado y una toma de decisiones prudente. El quincuncio del Sol con Saturno el 10 de agosto destaca la necesidad de una planificación y gestión financiera responsable. Evalúe su presupuesto, priorice sus gastos y considere inversiones a largo plazo que se alineen con sus objetivos financieros.

Venus en trígono con Plutón el 29 de agosto trae oportunidades financieras favorables y el potencial para aumentar la riqueza y los recursos. Sin embargo, tenga cuidado y busque asesoramiento profesional antes de realizar compromisos financieros importantes.

Salud

Tu bienestar es de suma importancia en agosto de 2024, Acuario. El biquintil del Sol con Neptuno el 15 de agosto fomenta un enfoque holístico de la salud y el bienestar. Participe en prácticas que nutran su mente, cuerpo y espíritu, como la meditación, el yoga o actividades creativas.

La cuadratura de Marte con Saturno el 16 de agosto destaca la importancia de mantener un enfoque equilibrado de la actividad física. Evite el sobreesfuerzo y tenga en cuenta sus límites para evitar el agotamiento o las lesiones. Incorpore el descanso y la relajación en su rutina para apoyar el bienestar general.

Viajar

Agosto de 2024 ofrece oportunidades para viajar y explorar, Acuario. El quintil solar de Júpiter el 22 de agosto despierta un sentido de aventura y expande tus horizontes. Considere planificar un viaje a un destino que se alinee con sus intereses y le permita sumergirse en nuevas culturas y experiencias.

El trígono de Venus con Urano el 27 de agosto fomenta la espontaneidad y la adopción de experiencias de viaje únicas. Salga de su zona de confort y explore destinos fuera de lo común o participe en actividades que lo desafíen e inspiren.

Visión de las estrellas

Acuario, mientras navegas en agosto de 2024, abraza la dualidad de tu naturaleza. Abraza tu lado poco convencional y celebra tu perspectiva única. Recuerda encontrar un equilibrio entre la introspección y las conexiones sociales. Fomenta tus relaciones mientras te das espacio para la autorreflexión. Sobre todo, mantente fiel a ti mismo y deja que tu autenticidad brille con fuerza.

Mejores días del mes: 2, 6, 12, 115, 22, 27 y 31 de agosto.

Septiembre 2024

Horóscopo

Acuario, septiembre de 2024 trae una mezcla de introspección e influencias externas a tu vida. Es un momento de profunda autorreflexión y evaluación de su lugar en el mundo. Los aspectos planetarios indican una necesidad de equilibrio y armonía entre tu crecimiento personal y tus interacciones con los demás.

Mercurio en trígono con Quirón el 2 de septiembre invita a la sanación y la autoconciencia. Usa este tiempo para abordar las heridas emocionales y abrazar la autocompasión. Es una oportunidad para cultivar una comprensión más profunda de sus propias vulnerabilidades y desarrollar formas más saludables de comunicarse y conectarse con los demás.

El quintil del Sol con Marte el 2 de septiembre enciende una oleada de energía y motivación. Canaliza esta fuerza dinámica para perseguir tus pasiones y emprender acciones audaces hacia tus objetivos. Aprovecha las oportunidades de crecimiento y desafíate a ti mismo para salir de tu zona de confort.

Amar

En asuntos del corazón, septiembre de 2024 presenta un período de introspección y crecimiento para Acuario. Venus en oposición al Nodo Verdadero el 3 de septiembre puede traer una sensación temporal de desequilibrio o tensión en sus relaciones. Esta alineación requiere una reevaluación de sus necesidades, valores y deseos para garantizar que sus asociaciones se alineen con su crecimiento personal. Es importante comunicarse abierta y honestamente con sus seres queridos durante este tiempo.

Marte en cuadratura con Neptuno el 3 de septiembre requiere precaución en los esfuerzos románticos. Este aspecto trae el potencial de ilusiones y expectativas poco realistas. Es crucial mantenerse conectado a tierra y concentrarse en una comunicación clara, confianza y objetivos compartidos para mantener relaciones saludables. Tenga cuidado de idealizar o idealizar situaciones y, en cambio, concéntrese en construir conexiones genuinas basadas en la autenticidad y la comprensión mutua.

Carrera

En el ámbito de la carrera y las actividades profesionales, septiembre de 2024 insta a Acuario a lograr un equilibrio entre las aspiraciones personales y la colaboración. La oposición del Sol a Saturno el 8 de septiembre destaca la importancia de la responsabilidad, la disciplina y la planificación a largo plazo en su carrera. Es un momento para evaluar sus compromisos profesionales y asegurarse de que se alineen con sus valores y ambiciones. Tome las medidas necesarias para lograr sus objetivos profesionales mientras mantiene un sentido de integridad y autenticidad.

Mercurio en cuadratura con Urano el 7 de septiembre puede traer cambios inesperados o interrupciones en el lugar de trabajo. Es crucial adoptar la flexibilidad, la adaptabilidad y el pensamiento innovador para afrontar cualquier desafío que surja. Este aspecto también lo alienta a pensar fuera de la caja y explorar nuevos enfoques para su trabajo. Aproveche las oportunidades de aprendizaje y crecimiento, y esté abierto a ideas no convencionales que pueden impulsar su carrera hacia adelante.

Finanzas

Septiembre de 2024 exige que Acuario ejerza prudencia y se concentre en la estabilidad financiera. Venus en sesquicuadratura Urano el 8 de septiembre advierte contra el gasto impulsivo o las inversiones arriesgadas. Es esencial practicar la disciplina financiera, crear un presupuesto y buscar el asesoramiento de expertos antes de tomar decisiones financieras importantes. Adopte un enfoque cauteloso y priorice la seguridad financiera a largo plazo sobre las ganancias a corto plazo.

Mercurio en trígono con Plutón el 24 de septiembre trae oportunidades para el crecimiento financiero y el empoderamiento. Esta alineación fomenta la planificación estratégica, la investigación y el análisis en sus esfuerzos financieros. Considere explorar nuevas vías para aumentar sus ingresos, como inversiones o flujos de ingresos pasivos. Sin embargo, asegúrese de realizar una investigación exhaustiva y buscar asesoramiento profesional antes de realizar compromisos financieros significativos.

Salud

Tu bienestar toma protagonismo en septiembre de 2024, Acuario. El trígono del Sol con Urano el 19 de septiembre enciende una sensación de vitalidad y promueve enfoques innovadores para la salud y el cuidado personal. Adopte nuevas rutinas de ejercicio, prácticas de bienestar y explore modalidades alternativas de curación que resuenen con usted. Es un momento propicio para liberarse de viejos hábitos y adoptar opciones de estilo de vida más saludables.

Marte en trígono con Saturno el 30 de septiembre enfatiza la disciplina y la consistencia para mantener tu bienestar físico y mental. Use esta energía para establecer una rutina estructurada, establezca metas de salud realistas y cúmplalas. Priorice el cuidado personal y establezca límites saludables para manejar el estrés de manera efectiva.

Viajar

Septiembre de 2024 presenta oportunidades para viajar y explorar, Acuario. Venus en trígono con Júpiter el 15 de septiembre trae experiencias positivas en viajes, aventuras y expansión de horizontes. Considere planificar un viaje o embarcarse en una nueva aventura que le permita explorar diferentes culturas, ampliar sus perspectivas y crear recuerdos duraderos.

Sin embargo, con Mercurio en cuadratura con Júpiter el 21 de septiembre, es crucial ser práctico y considerar la logística al hacer planes de viaje. Preste atención a los detalles, verifique dos veces las reservas y tenga planes de contingencia para mitigar cualquier desafío potencial. Adopte la espontaneidad, pero también tenga cuidado y esté preparado durante sus viajes.

Visión de las estrellas

Recuerde, el camino hacia el éxito radica en combinar la innovación con la acción fundamentada. Confíe en su sabiduría interior y dé pasos audaces e inspirados hacia sus sueños.

Mejores días del mes: 2, 7, 15, 19, 24, 26 y 30 de septiembre.

Octubre 2024

Horóscopo

Octubre trae una energía dinámica y transformadora a Acuario, preparando el escenario para el crecimiento personal, oportunidades emocionantes y una profunda introspección. A medida que avanza el mes, se encontrará navegando en un viaje de autodescubrimiento, con el potencial de avances significativos y una transformación profunda en varios aspectos de su vida.

El sesquicuadrado del Sol con Urano el 4 de octubre marca el comienzo de un período de autorreflexión y la necesidad de liberarse de los viejos patrones y limitaciones. Esta alineación lo alienta a aceptar el cambio, desafiar el status quo y explorar nuevas posibilidades. Es un momento de reinvención personal y de empujar los límites de su propio potencial. Abraza esta energía y utilízala para impulsar tus ambiciones y embarcarte en proyectos innovadores que se alineen con tus verdaderas pasiones y propósitos.

En resumen, octubre le presenta a Acuario un período de crecimiento transformador, tanto a nivel personal como profesional. Abraza la energía del cambio, nutre tus relaciones, aprovecha las oportunidades profesionales y prioriza el cuidado personal. Confíe en su intuición, abrace su individualidad y emprenda nuevas aventuras con una sensación de entusiasmo y mente abierta. Al aprovechar las energías transformadoras del mes, puede allanar el camino para un capítulo enriquecedor y enriquecedor en su vida.

Amar

En el ámbito del amor, octubre presenta a Acuario con una serie de experiencias intensas y transformadoras. La alineación celestial del Nodo Verdadero biquintil de Venus el 3 de octubre genera una energía conmovedora y kármica que está destinada a profundizar sus conexiones con los demás. Durante este tiempo, puede encontrarse con personas que tienen un impacto profundo en su vida, e incluso puede sentirse atraído por almas gemelas o espíritus afines. Es esencial abrazar estos encuentros con el corazón y la mente abiertos, ya que tienen el potencial de catalizar el crecimiento personal y el despertar espiritual.

A medida que avanza el mes, el trígono armonioso entre Venus y Marte el 8 de octubre agrega una dimensión apasionada y romántica a sus relaciones. Esta alineación enciende las llamas del deseo y fortalece el vínculo entre usted y su pareja. Experimentarás una mayor sensación de sensualidad y un profundo anhelo de intimidad emocional. Utilice este tiempo para expresar sus deseos abiertamente y explorar nuevos niveles de conexión con su ser querido. Para los solteros, esta alineación puede traer un encuentro emocionante que despierte un romance ardiente.

Sin embargo, es importante mantener un enfoque equilibrado en sus relaciones. La intensa energía de octubre también puede traer desafíos y enfrentamientos emocionales. La oposición de Mercurio a Quirón el 8 de octubre puede descubrir viejas heridas o inseguridades dentro de ti o de tu pareja. Es crucial abordar estos temas sensibles con compasión y comprensión. Aproveche esta oportunidad para sanar y crecer juntos, fortaleciendo los cimientos de su relación.

Carrera

En octubre, Acuario puede esperar un período prometedor y transformador en su carrera. El

111

sesquicuadrado del Sol con Urano el 4 de octubre lo alienta a liberarse de los patrones de trabajo convencionales y explorar ideas innovadoras. Este aspecto te empuja a aceptar el cambio y salir de tu zona de confort. Es un momento excelente para desafiar los sistemas existentes, proponer nuevas estrategias o incluso considerar carreras profesionales alternativas. Su enfoque único y con visión de futuro será valorado y apreciado por sus colegas y superiores.

El trígono entre Mercurio y Júpiter el 8 de octubre mejora aún más tus habilidades de comunicación y trae interacciones favorables en el lugar de trabajo. Esta alineación amplifica su capacidad para expresar sus ideas, articular sus pensamientos y participar en discusiones significativas. Su estilo de comunicación persuasivo y destreza intelectual tendrán un impacto positivo en sus relaciones profesionales y pueden conducir a colaboraciones emocionantes u oportunidades de progreso.

Sin embargo, es esencial lograr un equilibrio entre sus ideas innovadoras y la practicidad. Si bien es importante explorar nuevas vías, tenga en cuenta los riesgos potenciales involucrados. Busque el consejo de mentores o colegas de confianza antes de tomar decisiones profesionales importantes. Al combinar su perspectiva única con un enfoque basado en la tierra, puede navegar con éxito en el panorama profesional y lograr avances significativos en su trayectoria profesional.

Finanzas

Octubre insta a Acuario a abordar sus finanzas con una planificación cuidadosa y un ojo perspicaz. El aspecto de cuadratura entre Mercurio y Marte el 6 de octubre sirve como un recordatorio para tener cuidado con los gastos impulsivos y las decisiones financieras apresuradas. Es crucial evaluar su situación financiera de manera realista y evitar correr riesgos innecesarios. Crea un presupuesto y apégate a él, enfocándote en los gastos esenciales y priorizando la estabilidad financiera a largo plazo.

Sin embargo, el trígono entre Venus y Saturno el 4 de octubre brinda una influencia estabilizadora en sus asuntos financieros. Esta alineación promueve la disciplina y la practicidad en su enfoque del dinero. Le resultará más fácil ejercer el autocontrol, resistir las tentaciones y tomar decisiones financieras responsables. Considere consultar con un asesor financiero o un experto para asegurarse de que sus metas financieras a largo plazo estén bien encaminadas y protegidas.

Además, el trígono entre Venus y Marte el 8 de octubre puede traer oportunidades financieras inesperadas a través de colaboraciones o empresas conjuntas. Este aspecto favorece el trabajo en equipo y los esfuerzos cooperativos, lo que puede conducir a mayores ingresos o ganancias financieras. Esté abierto a explorar nuevas vías para generar riqueza, como inversiones o empresas secundarias, pero acérquese a ellas con precaución y realice una investigación exhaustiva antes de comprometer sus recursos.

Salud

El aspecto de sesquicuadratura entre el Sol y Urano el 4 de octubre sirve como un recordatorio para incorporar variedad y espontaneidad en su rutina de ejercicios. Explore diferentes formas de ejercicio o actividades físicas que le brinden alegría y lo mantengan motivado. Considere participar en actividades que promuevan la claridad mental y el bienestar emocional, como yoga, meditación o caminatas por la naturaleza.

Con el trígono entre Venus y Marte el 8 de octubre, las energías favorecen una relación armoniosa y amorosa con tu cuerpo. Aproveche este tiempo para mimarse y disfrutar de rituales de cuidado personal que nutren su bienestar físico y emocional. Concéntrese en mantener una dieta balanceada, descansar lo suficiente y establecer rutinas saludables que respalden sus niveles de energía y vitalidad general.

Sin embargo, es importante tener en cuenta el potencial de estrés o abrumación emocional durante el mes. Tome medidas proactivas para controlar los niveles de estrés a través de técnicas de relajación, prácticas de atención plena y busque el apoyo de sus seres queridos o profesionales cuando sea necesario. Recuerde que el cuidado personal abarca no solo el aspecto físico, sino también los ámbitos emocional y mental, así que priorice su salud mental y bienestar emocional junto con su estado físico.

Viajar

La energía del mes te anima a salir de la rutina y explorar territorios desconocidos. Ya sea que se trate de una escapada espontánea de fin de semana o de un viaje más significativo, abrace el espíritu de aventura y abrace lo desconocido.

El trígono entre Mercurio y Júpiter el 8 de octubre mejora tus habilidades de comunicación y facilita interacciones positivas durante tus viajes. Este aspecto apoya las conversaciones interesantes, el intercambio cultural y el potencial para formar conexiones significativas con las personas que encuentra en el camino. Ábrete a nuevas experiencias y acepta la diversidad del mundo que te rodea.

Al planificar sus viajes, tenga en cuenta las consideraciones prácticas y asegúrese de contar con todos los documentos, alojamiento y medidas de seguridad necesarios. Investigue a fondo su destino, incluidas las costumbres y pautas locales, para aprovechar al máximo su experiencia de viaje y garantizar un viaje tranquilo.

.

Visión de las estrellas

Recuerda, Acuario, que tu perspectiva única y tu enfoque poco convencional de la vida son tus mejores activos. Abraza tu individualidad y atrévete a ser diferente. No tengas miedo de desafiar las normas sociales y persigue tus pasiones con un entusiasmo sin disculpas. Confía en tu intuición y deja que tu visionario interior te guíe. Recuerde, es su singularidad lo que lo impulsará a grandes alturas e inspirará a otros a pensar fuera de la caja.

Mejores días del mes: 3, 8, 12, 15, 22, 24 y 31 de octubre.

Noviembre 2024

Horóscopo

Querido Acuario, noviembre de 2024 tiene un tapiz de eventos celestiales que influirán en gran medida en tu vida. Prepárese para un mes lleno de energía dinámica y experiencias transformadoras. Como Acuario, tiene una inclinación natural hacia las actividades intelectuales y las ideas únicas, y este mes le ofrecerá amplias oportunidades para expresar su espíritu innovador.

La alineación planetaria en noviembre trae una combinación armoniosa de optimismo, destreza intelectual y profundidad emocional. Júpiter, el planeta de la expansión y el crecimiento, forma un sextil con Quirón el 2 de noviembre, lo que te infunde un mayor sentido de sabiduría y comprensión. Esta alineación lo alienta a explorar nuevos conocimientos y expandir sus horizontes. Abraza esta energía buscando oportunidades educativas o participando en debates filosóficos que amplíen tu perspectiva.

El mismo día, Mercurio forma un trígono con Marte, potenciando tus habilidades de comunicación y prestándote la energía para expresar tus pensamientos con claridad y convicción. Esta alineación favorece las actividades intelectuales, la creación de redes y los proyectos colaborativos. Aproveche este período para entablar conversaciones estimulantes y conectarse con personas de ideas afines que comparten su visión.

Un aspecto planetario significativo ocurre el 3 de noviembre cuando Marte se opone a Plutón, generando una intensa energía dentro de ti. Este aspecto puede traer luchas de poder o confrontaciones, pero también brinda una oportunidad para una transformación profunda y un crecimiento personal. Es fundamental canalizar esta energía de manera constructiva, evitando los conflictos y centrándose en cambio en la introspección y la autorreflexión. Use este período para identificar y liberar cualquier patrón destructivo o creencia limitante que obstaculice su progreso.

Amar

La oposición entre Venus y Júpiter el 3 de noviembre puede crear una sensación de inquietud en tus relaciones amorosas. Es posible que se encuentre cuestionando sus deseos y buscando una mayor libertad personal. Es crucial comunicar sus necesidades con honestidad y compasión a su pareja, asegurándose de que su búsqueda de independencia no conduzca a malentendidos o conflictos.

Para los Acuario solteros, esta alineación presenta una oportunidad para explorar nuevas vías románticas y abrazar encuentros espontáneos. Permítase salir de su zona de confort y participar en actividades o eventos en los que pueda conocer a personas de ideas afines. Mantén la mente y el corazón abiertos, ya que el amor puede llegar inesperadamente.

A medida que avanza el mes, Venus forma aspectos armoniosos con Quirón, Saturno y Neptuno, brindando una sensación de estabilidad y profundidad emocional a sus relaciones. Estos aspectos fomentan la vulnerabilidad, la empatía y las conexiones auténticas. Es un momento propicio para profundizar los lazos con tu pareja o expresar tus sentimientos a alguien querido.

Si buscas un compromiso a largo plazo, el semisextil entre Venus y Plutón del 11 de noviembre trae energía transformadora a tu vida amorosa. Este aspecto puede conducir a un cambio significativo en su pareja romántica o traer nuevos conocimientos sobre su comprensión del amor. Aprovecha esta oportunidad de crecimiento y abraza los cambios que se presenten.

En general, noviembre lo alienta a equilibrar su necesidad de libertad con su deseo de conexión emocional. Al comunicarse abiertamente, aceptar la vulnerabilidad y ser receptivo a nuevas experiencias, puede fomentar relaciones armoniosas y significativas.

Carrera

Las alineaciones celestiales durante este mes favorecen la innovación, el crecimiento intelectual y la colaboración. Prepárese para importantes avances y oportunidades que pueden impulsar su carrera a nuevas alturas.

El trígono entre Mercurio y Marte el 2 de noviembre fortalece tus habilidades de comunicación y aumenta tu destreza intelectual. Esta alineación lo alienta a expresar sus ideas con confianza y claridad, lo que lo convierte en un excelente momento para negociaciones, presentaciones o eventos de networking. Su capacidad para articular conceptos complejos y persuadir a otros para que adopten su visión aumenta, lo que abre puertas a nuevas posibilidades.

A medida que avanza el mes, la oposición entre Mercurio y Júpiter el 18 de noviembre trae una energía expansiva a tu vida profesional. Esta alineación lo inspira a pensar en grande, explorar nuevos territorios y aceptar desafíos intelectuales. Puede sentirse atraído por las oportunidades educativas o buscar colaboraciones con personas que comparten su pasión por la innovación y el cambio.

Además, el aspecto armonioso entre Mercurio y Quirón el 19 de noviembre mejora tus habilidades para resolver problemas y te anima a pensar fuera de la caja. Puede descubrir soluciones únicas para problemas complejos o encontrar formas innovadoras de mejorar sus procesos de trabajo. Adopte su inclinación natural hacia ideas y enfoques no convencionales, ya que tienen el potencial de revolucionar su trayectoria profesional.

Además, la oposición entre Mercurio y Júpiter el 18 de noviembre potencia tus habilidades persuasivas y amplía tu red profesional. Esta alineación presenta oportunidades para nuevas asociaciones, colaboraciones o empresas comerciales. Participe en eventos de networking, comuníquese con personas influyentes y fomente conexiones que se alineen con sus aspiraciones profesionales.

Es importante tener en cuenta que la oposición entre Venus y Marte el 14 de noviembre puede generar conflictos temporales o luchas de poder dentro de su lugar de trabajo. Practique la diplomacia y busque puntos en común para resolver cualquier tensión. Mantener un ambiente de trabajo armonioso es esencial para su productividad y éxito en general.

Finanzas

Las alineaciones celestiales resaltan la importancia de una gestión financiera prudente, la toma de decisiones estratégicas y un enfoque equilibrado para la acumulación de riqueza.

El trígono entre Venus y Quirón el 3 de noviembre aumenta tu intuición financiera y ofrece información para mejorar tu situación monetaria. Esta alineación lo alienta a reflexionar sobre sus hábitos de gasto, reevaluar sus metas financieras y hacer ajustes que se alineen con sus aspiraciones a largo plazo. Considere buscar el consejo de un asesor financiero o explorar oportunidades de inversión que tengan el potencial de generar resultados fructíferos.

Sin embargo, es crucial tener cuidado durante la oposición entre Venus y Júpiter el 3 de noviembre, ya que puede generar un deseo de compras extravagantes o gastos impulsivos. Mantenga una perspectiva equilibrada y evalúe las consecuencias a largo plazo de sus decisiones financieras. Concéntrese en cultivar la estabilidad y la seguridad financiera en lugar de sucumbir a las indulgencias de corta duración.

El aspecto de cuadratura entre Venus y Neptuno el 9 de noviembre agrega una capa de complejidad a sus asuntos financieros. Esta alineación puede generar confusión o engaño, por lo que es esencial ejercer la debida diligencia y evitar entrar en acuerdos financieros dudosos. Tenga cuidado con las inversiones y analice meticulosamente cualquier oferta u oportunidad que parezca demasiado buena para ser verdad.

Para navegar con éxito en el panorama financiero, adopte el aspecto armonioso entre Venus y Saturno el 22 de noviembre. Esta alineación infunde disciplina, pragmatismo y una perspectiva a largo plazo. Lo alienta a crear una base sólida para su futuro financiero, concentrarse en ahorrar y establecer prácticas sostenibles que respalden su bienestar general.

Salud

El trígono entre Mercurio y Quirón el 19 de noviembre fortalece su capacidad para comunicar sus necesidades de salud de manera efectiva. Es un momento ideal para buscar consejo médico, participar en conversaciones abiertas con profesionales de la salud y explorar modalidades alternativas de curación que resuenen con usted. Confíe en su intuición cuando se trata de su bienestar y tome las medidas necesarias para abordar cualquier problema de salud.

El sesquicuadrado entre Mercurio y Marte el 6 de noviembre puede generar una mayor energía mental y física, pero también presenta el riesgo de inquietud y agotamiento potencial. Es crucial encontrar un equilibrio entre la productividad y el cuidado personal durante este tiempo. Priorice el ejercicio regular, incorpore técnicas para aliviar el estrés en su rutina y asegúrese de descansar lo suficiente para evitar el agotamiento.

La oposición entre el Sol y Urano el 16 de noviembre puede traer interrupciones o cambios inesperados en tu salud y rutinas diarias. Permanezca adaptable y abierto a ajustar sus planes según sea necesario. Aproveche la oportunidad de liberarse de los hábitos estancados y explore nuevas prácticas de bienestar que resuenen con sus necesidades únicas.

Para apoyar su bienestar general, es esencial establecer una rutina que nutra su mente, cuerpo y espíritu. Concéntrese en mantener una dieta balanceada, incorporar ejercicio regular y dedicar tiempo a actividades que le brinden alegría y relajación. Priorice la salud mental participando en prácticas de atención plena, buscando apoyo emocional cuando sea necesario y fomentando las conexiones con sus seres queridos.

Recuerda escuchar las señales de tu cuerpo y respeta tus límites. Si se siente abrumado o experimenta problemas de salud persistentes, busque orientación profesional. El autocuidado y la autocompasión son componentes vitales para mantener una salud y un bienestar óptimos.

Viajar

Las alineaciones celestiales durante este mes lo alientan a abrazar su pasión por los viajes y embarcarse en viajes que inspiran el crecimiento personal y amplían su perspectiva.

El sextil entre Júpiter y Quirón el 2 de noviembre infunde tus experiencias de viaje con un sentido de sabiduría y crecimiento espiritual. Esta alineación abre las puertas a oportunidades de viaje educativas y transformadoras. Considere embarcarse en un viaje que se alinee con sus intereses, ya sea que implique visitar lugares sagrados, asistir a retiros espirituales o sumergirse en diferentes culturas. Estas experiencias tienen el potencial de enriquecer profundamente su vida y ampliar su comprensión del mundo.

El trígono entre Mercurio y True Node el 6 de noviembre mejora su capacidad para conectarse con personas de diversos orígenes y participar en intercambios culturales significativos. Si está planeando un viaje durante este tiempo, aproveche la oportunidad de conocer a los lugareños, forjar nuevas amistades y sumergirse en las costumbres y tradiciones locales. Las conexiones que establezca durante sus viajes pueden tener un impacto profundo y duradero en su perspectiva y crecimiento personal.

Sin embargo, es importante tener precaución y ser flexible con tus planes de viaje debido a las posibles interrupciones causadas por la oposición entre el Sol y Urano el 16 de noviembre. Manténgase informado sobre cualquier cambio en el transporte o las restricciones de viaje y tenga planes de contingencia. Abrace lo inesperado y esté abierto a desvíos espontáneos o rutas alternativas que puedan conducir a descubrimientos inesperados.

Visión de las estrellas

Equilibre su deseo de libertad con un sentido de responsabilidad y compromiso. Cultive hábitos financieros disciplinados y tome decisiones que se alineen con sus aspiraciones a largo plazo.

Mejores días del mes: 6, 11, 19, 19, 22, 27 y 30 de noviembre.

Diciembre 2024

Horóscopo

Querido Acuario, a medida que el año llega a su fin, diciembre de 2024 presenta una combinación de energía transformadora y oportunidades para el crecimiento personal. Este mes, las alineaciones celestiales lo alientan a reflexionar sobre sus experiencias pasadas, abrazar su individualidad única y prepararse para el nuevo año que se avecina.

El biquintil entre Venus y Júpiter el 1 de diciembre aumenta tu optimismo e inspira una sensación de alegría y abundancia. Esta alineación te invita a celebrar las bendiciones en tu vida y fomentar relaciones armoniosas. Abraza la temporada navideña con el corazón abierto, difundiendo amor y alegría a quienes te rodean.

A medida que se desarrolla diciembre, el trígono entre Mercurio y Quirón el 2 de diciembre fortalece sus habilidades de comunicación y fomenta las conversaciones curativas. Esta alineación ofrece la oportunidad de expresar sus pensamientos y emociones con compasión y vulnerabilidad. Participe en discusiones profundas y significativas que pueden conducir al crecimiento personal y la curación emocional.

El aspecto de cuadratura entre el Sol y Saturno el 4 de diciembre trae un sentido de disciplina y responsabilidad a tu vida. Esta alineación exige una planificación cuidadosa y una toma de decisiones estratégica. Es un momento para evaluar sus objetivos, establecer rutinas prácticas y sentar las bases para el éxito del próximo año. Abraza las lecciones de perseverancia y determinación mientras navegas por cualquier desafío que surja.

En asuntos del corazón, la semicuadratura entre Venus y Saturno el 5 de diciembre puede introducir tensiones o desafíos temporales en sus relaciones. Es esencial abordar estas situaciones con paciencia y comunicación abierta. Concéntrese en nutrir los lazos que más le importan y encontrar puntos en común con sus seres queridos.

La conjunción entre el Sol y Mercurio el 5 de diciembre intensifica tu claridad mental y mejora tu capacidad para expresarte de manera efectiva. Utilice esta alineación para organizar sus pensamientos, establecer intenciones claras y entablar conversaciones significativas. Tus palabras tienen el poder de inspirar e influir en los demás, así que elígelas sabiamente.

Además, la oposición entre Venus y Marte el 12 de diciembre puede traer conflictos temporales o luchas de poder en tus relaciones amorosas. Es crucial encontrar un equilibrio entre sus necesidades individuales y los deseos de su pareja. Practique la empatía, el compromiso y el diálogo abierto para fomentar conexiones armoniosas.

A medida que el año llega a su fin, el sextil entre Venus y Quirón el 23 de diciembre ofrece una oportunidad para la sanación emocional y la autorreflexión. Tómese el tiempo para evaluar su bienestar emocional y participe en actividades que le brinden alegría y paz interior. Priorice el cuidado personal y establezca intenciones para un nuevo comienzo en el próximo año.

En resumen, diciembre te invita a reflexionar sobre tus experiencias pasadas, nutrir tus relaciones y prepararte para nuevos comienzos. Adopte las lecciones de disciplina y responsabilidad, comuníquese con compasión y priorice su bienestar emocional. La energía transformadora de este mes prepara el escenario para un comienzo prometedor para el nuevo año.

Amar

El trígono entre Venus y Urano el 2 de diciembre despierta entusiasmo y un deseo de libertad en tu vida amorosa. Esta alineación lo alienta a liberarse de patrones estancados y abrazar la espontaneidad dentro de sus relaciones. Exploren nuevas experiencias juntos, participen en actividades aventureras y permitan que su amor evolucione y crezca.

Sin embargo, es importante navegar las tensiones temporales provocadas por la semicuadratura entre Venus y Saturno el 5 de diciembre. Este aspecto puede presentar desafíos o limitaciones dentro de sus relaciones. La paciencia, la comunicación abierta y la voluntad de compromiso son esenciales para mantener la armonía y el equilibrio.

La oposición entre Venus y Marte el 12 de diciembre puede intensificar pasiones y encender conflictos. Es crucial canalizar esta energía de manera constructiva, evitando las luchas de poder y, en su lugar, adoptando una comunicación y un compromiso saludables. Busque comprensión, esté abierto a la perspectiva de su pareja y encuentre soluciones creativas a cualquier conflicto que surja.

A medida que el año llega a su fin, el sextil entre Venus y Quirón el 23 de diciembre te invita a sanar heridas emocionales y fomentar conexiones más profundas. Esta alineación fomenta la vulnerabilidad y la apertura de corazón , lo que permite el crecimiento emocional y la crianza de los lazos. Tómese el tiempo para conversaciones sinceras, exprese sus emociones con autenticidad y escuche con empatía las necesidades de su pareja.

Para los Acuario solteros, este mes ofrece una oportunidad para la autorreflexión y el crecimiento personal. Abraza la energía transformadora y concéntrate en el amor propio y el cuidado personal. Use este tiempo para aclarar sus deseos, establecer intenciones para el tipo de amor que desea atraer y participar en actividades que le brinden alegría y satisfacción. Al nutrir su relación consigo mismo, crea una base sólida para futuras conexiones románticas.

Recuerda, el amor es un viaje de crecimiento y descubrimiento. Abrace las lecciones y transformaciones que surjan, comuníquese con honestidad y compasión, y cultive conexiones que respalden su bienestar emocional.

Carrera

En el ámbito de la carrera y las actividades profesionales, diciembre de 2024 brinda oportunidades para que Acuario reflexione, reevalúe los objetivos y prepare el escenario para el éxito en el próximo año. Las alineaciones celestiales durante este mes inspiran el pensamiento estratégico, ideas innovadoras y un enfoque en el crecimiento personal dentro de su campo elegido.

El trígono entre Mercurio y Quirón el 2 de diciembre mejora tus habilidades de comunicación y fomenta una profunda introspección. Esta alineación lo invita a reflexionar sobre sus objetivos profesionales, evaluar su progreso e identificar áreas en las que puede desarrollar aún más sus habilidades. Participe en la autorreflexión y busque comentarios de mentores o colegas para obtener información valiosa.

La oposición entre Mercurio y Júpiter el 4 de diciembre alimenta tu curiosidad intelectual y estimula tu deseo de expansión y crecimiento. Este aspecto lo alienta a pensar en grande, aceptar nuevos desafíos y considerar oportunidades que se alineen con sus aspiraciones a largo plazo. Participe en actividades de desarrollo profesional, amplíe su base de conocimientos y adopte una mentalidad de aprendizaje permanente.

La cuadratura entre el Sol y Saturno el 4 de diciembre trae un sentido de disciplina y responsabilidad a tu vida profesional. Esta alineación exige una planificación meticulosa y una toma de decisiones estratégica. Tómese el tiempo para evaluar sus objetivos, evaluar su progreso y establecer rutinas prácticas que respalden sus ambiciones. Concéntrese en el éxito a largo plazo y manténgase comprometido con el camino elegido.

Además, el sextil entre Venus y Neptuno el 17 de diciembre potencia tu creatividad e intuición dentro de tu carrera. Este aspecto abre puertas a ideas innovadoras, resolución de problemas imaginativos y la capacidad de inspirar a otros con su enfoque único. Adopte sus instintos creativos y confíe en su guía intuitiva para tomar decisiones profesionales acertadas.

A medida que el año llega a su fin , es importante tomarse un tiempo para reflexionar y establecer intenciones para el próximo año. Evalúe los logros de su carrera, reconozca su crecimiento y visualice los próximos pasos en su viaje profesional. Aprovecha la energía transformadora de diciembre para sentar las bases de una carrera profesional exitosa y satisfactoria en el futuro.

Finanzas

En cuanto a las finanzas, diciembre de 2024 anima a Acuario a abordar sus asuntos monetarios con prudencia, disciplina y una perspectiva de largo plazo. Las alineaciones celestiales durante este mes resaltan la importancia de una planificación cuidadosa, una toma de decisiones responsable y encontrar un equilibrio entre la estabilidad financiera y la realización personal.

El biquintil entre Venus y Júpiter el 1 de diciembre trae una energía optimista y abundante a tus asuntos financieros. Esta alineación te invita a celebrar las bendiciones en tu vida y a cultivar una mentalidad de gratitud. Sin embargo, es importante ejercer la moderación y evitar el gasto impulsivo. Concéntrese en decisiones financieras sabias que se alineen con sus objetivos a largo plazo.

La semicuadratura entre Venus y Saturno el 5 de diciembre puede introducir tensiones o limitaciones temporales en su situación financiera. Este aspecto le recuerda que debe tener cuidado, mantener una perspectiva realista y tomar decisiones que prioricen la estabilidad financiera. La elaboración de presupuestos, el ahorro y la gestión financiera responsable son claves para afrontar cualquier desafío que surja.

El aspecto de cuadratura entre Venus y Urano el 28 de diciembre trae un deseo de libertad financiera y enfoques no convencionales para sus finanzas. Si bien este aspecto puede generar ideas u oportunidades innovadoras, es esencial evaluar cuidadosamente los riesgos involucrados. Busque asesoramiento profesional, realice una investigación exhaustiva y sopese las posibles recompensas frente a los posibles escollos antes de tomar decisiones financieras importantes.

Para navegar con éxito por su panorama financiero, adopte la semicuadratura entre Venus y Neptuno el 17 de diciembre. Esta alineación lo alienta a ser perspicaz y cauteloso cuando se trata de inversiones o asociaciones financieras. Evite tomar decisiones impulsivas y escudriñe cualquier oferta que parezca demasiado buena para ser verdad. Mantenga una perspectiva equilibrada y confíe en su intuición para guiarlo hacia buenas decisiones financieras.

A medida que el año llega a su fin , tómese un tiempo para reflexionar sobre sus metas financieras, reevaluar sus estrategias y establecer intenciones para el próximo año. Concéntrese en la estabilidad financiera a largo plazo, el presupuesto responsable y el cultivo de una relación saludable con el dinero. Al practicar la disciplina, actuar con cautela y adoptar un enfoque equilibrado, puede navegar su viaje financiero con confianza y sentar las bases para el éxito futuro.

Salud

En materia de salud y bienestar, diciembre de 2024 invita a Acuario a priorizar el autocuidado, el bienestar emocional y encontrar el equilibrio en medio de las exigencias de la temporada navideña. Las alineaciones celestiales durante este mes lo alientan a escuchar a su cuerpo, nutrir su salud mental y establecer rutinas saludables que respalden su bienestar general.

La semicuadratura entre el Sol y Saturno el 4 de diciembre trae un sentido de disciplina y responsabilidad a tus prácticas de salud. Esta alineación requiere un autocuidado equilibrado, asegurándose de priorizar el descanso, el ejercicio y las comidas nutritivas. Encuentre un ritmo armonioso que apoye su bienestar en medio de las demandas de la temporada navideña.

La oposición entre el Sol y Júpiter el 7 de diciembre puede generar una tendencia a la indulgencia o a extenderse demasiado. Es importante mantener una perspectiva equilibrada y evitar excesos que puedan impactar en tu salud física y mental. Practique la alimentación consciente, establezca límites y priorice actividades que promuevan la relajación y la reducción del estrés.

La semicuadratura entre Venus y Neptuno el 17 de diciembre enfatiza la importancia del bienestar emocional y la autorreflexión. Tómese el tiempo para participar en actividades que nutran su alma, como la meditación, escribir un diario o participar en actividades creativas. Conéctese con sus seres queridos y busque apoyo si es necesario, ya que la temporada navideña a veces puede evocar emociones encontradas.

A medida que el año llega a su fin , es esencial reflexionar sobre sus objetivos de salud y establecer intenciones para el próximo año. Evalúe su bienestar general, identifique las áreas que requieren atención y establezca hábitos realistas y sostenibles. Priorice el cuidado personal, participe en actividades que le brinden alegría y relajación, y fomente las conexiones con sus seres queridos para apoyar su salud mental y emocional.

Recuerda escuchar las señales de tu cuerpo y honrar tus necesidades. Controle su ritmo durante la temporada navideña, establezca límites y encuentre momentos de soledad para la reflexión y el rejuvenecimiento. Al priorizar su bienestar, sienta las bases para un comienzo de año saludable y satisfactorio.

Viajar

En términos de viajes, diciembre de 2024 ofrece a Acuario oportunidades tanto para la exploración aventurera como para las escapadas rejuvenecedoras. Las alineaciones celestiales durante este mes lo alientan a abrazar su pasión por los viajes, buscar nuevas experiencias y encontrar momentos de consuelo y reflexión en medio de la temporada navideña.

El sextil entre Venus y Júpiter el 1 de diciembre infunde alegría, optimismo y una sensación de abundancia en tus experiencias de viaje. Esta alineación lo alienta a embarcarse en viajes que elevan su espíritu y expanden sus horizontes. Ya sea que se trate de una escapada corta o de una aventura más prolongada, aproveche la oportunidad de sumergirse en nuevas culturas, conectarse con los lugareños y crear recuerdos duraderos.

El aspecto de cuadratura entre Venus y Urano el 28 de diciembre puede introducir cambios inesperados o interrupciones en sus planes de viaje. Manténgase adaptable y flexible, ya que las circunstancias imprevistas pueden requerir ajustes. Abrace la aventura y vea los desvíos como oportunidades para nuevos descubrimientos y experiencias espontáneas.

Cuando planifique sus viajes, considere la semicuadratura entre Venus y Saturno el 5 de diciembre. Esta alineación le recuerda que debe tener en cuenta su presupuesto y las consideraciones prácticas. Asegúrese de que sus planes de viaje se alineen con sus objetivos financieros y priorice experiencias que ofrezcan un equilibrio entre el disfrute y el gasto responsable.

Para aquellos que buscan rejuvenecer, la semicuadratura entre Venus y Neptuno el 17 de diciembre los invita a embarcarse en un retiro o participar en actividades que nutran su alma. Explore destinos tranquilos, sumérjase en la naturaleza o dedique tiempo a la relajación y la autorreflexión. Aproveche esta oportunidad para desconectarse del ajetreo y el bullicio de la vida diaria y abrazar el poder curativo de viajar.

A medida que el año llega a su fin, reflexione sobre las experiencias de viaje que han enriquecido su vida y establezca intenciones para viajes futuros. Abrace la energía transformadora de los viajes, permita que amplíe su perspectiva y cree oportunidades para el crecimiento personal y el autodescubrimiento.

Visión de las estrellas

Encuentra alegría en los momentos simples y establece intenciones para el nuevo año. Abrace el poder transformador del amor, comuníquese abierta y compasivamente en sus relaciones y fomente conexiones que respalden su crecimiento emocional. Confía en la sabiduría de las estrellas mientras entras en un nuevo año lleno de posibilidades.

Mejores días del mes: 2, 10, 19, 20, 23, 29 y 31 de diciembre.

Made in United States
Orlando, FL
02 May 2024

46405309R00085